ガベージブレイブ

GARBAGE BRAVE

異世界に召喚され捨てられた勇者の復讐物語

4

なんじゃもんじゃ

ILLUST 大熊まい

ORIGINAL CHARACTER DESIGN 珠梨やすゆき

WRITTEN BY NANJAMONJA
ILLUSTRATION BY OKUMAMAI

CONTENTS

CHARACTER

ツクル

クラス召喚により異世界に来てしまった高校生。「調理師」というハズレジョブを与えられたことでボルフ大森林に捨てられてしまうが、そのスキルは実はチート級。【解体】で素材化した魔物を【調理】で料理し、それを食すことで力を得ることが出来る。

カナン

エイバス伯爵の息子殺害の罪で犯罪奴隷となるがツクルに救われる。

ハンナ

エイバス伯爵家のメイド。エイバス伯爵の計らいでツクルについていくことに。

サーニャ

ハンナの妹。フーゼル伯爵に囚われていたがツクルによって助け出される。

アンティア

エンシェントエルフ。ツクルの強さに惚れ、道をともにすることに。

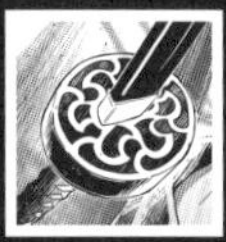

黒霧

漆黒の刀身を持つツクルの愛刀。武器としてのランクは神話級。

ベーゼ

ツクルが【死霊召喚術】により喚び出したリッチデストロイ。

STORY

異世界に召喚されたツクルは、ハズレジョブ・調理師として魔境に放り出されるが、窮地で発動したスキルを駆使し魔境を抜けるとアルグリアの街へと辿り着いた。アルグリアでエイバス伯爵家嫡男殺人事件の真相を暴くと、冤罪により犯罪奴隷とされていたカナンを救い出すことに成功。事件を解決後、エイバス伯爵からの依頼の最中、魔物の大群が街に迫っていることに気づいたツクルは魔物を殲滅するべくボルフ大森林の奥へと向かった。ボルフ大森林で突如現れたエンシェントエルフのアンティアとの戦いで力を見せつけると、その強さを認められるが、アンティアと道を共にしたことにより巨人族のエンシェント種クラフトンとの争いに巻き込まれてしまう。新たなスキル『神々の晩餐』の力でクラフトンを倒したツクルは、自身を魔境へ追放したテマスへの復讐の機会を得るが、あと一歩のところで逃げられてしまうのであった。その後、召喚された高天原で大日女尊から異世界召喚の真実を聞かされたツクルは、更なる異世界召喚を止めるべくテマスを追いつめ、ついに復讐を果たす。一行は大日女尊に召喚施設を破壊したことを報告するために日本に戻るのだった…。

序章　救出

暁の時間が終わり、太陽の光が次第に川面を照らしながら、夜が明けていく。

透明度は高いが、それほど大きくない川。朝日を反射させて川面がキラキラと光り輝く。

まるで幾千の宝石をちりばめたようで、なんと美しい景色だろうか。

この世界に召喚されて戦いの連続だったためか、夜明けの川面がこんなに美しいと思ったことはない。だが、今ならそれが美しいと心から思える。


美しい川面を見つめながら、この世界に召喚されてからのことを振り返る。

勇者召喚と言いながら、勇者たちをオークションにかけて売り払ったのはクソジジィだった。俺は調理師ということで、戦闘力がないと思われ捨てられた。

捨てられたことに気づいた時は遅く、俺はボルフ大森林という魔境の中に立っていた。

ボルフ大森林では何度も死にそうになりながら、危機を乗り越えることができた。それも調理師のスキルである【解体】のおかげだった。【解体】はどんな化け物も一瞬で解体してくれるバカげた効果を持ったスキルだったのだ。

「あの頃は死の恐怖を何度味わったことか……。だが、俺は生き残った」

クソジジィに復讐するために、圧倒的なレベル差がある魔物を【解体】で肉に変えてきた。

そんな時、俺は相棒と出会った。相棒は幽霊のような魔物が持っていた剣だったが、最初は呪われた剣かと思ってしまった。だが、相棒がその姿を変えたことで神剣だと分かった。

俺は神剣に黒霧と名づけ、それ以来苦楽を共にしてきた。

「しかし、人の言葉を話す剣なんてありえないだろ」

最初はそう思っていたが、黒霧は元々人間だった。その当時はどうして剣になってしまったのか分からなかったが、死霊族のエンシェント種であるシャーマナイルによって剣に変えられてしまったことが後に分かった。


「エンペラードラゴンは強かったな……」

ボルフ大森林の頂点に君臨するエンペラードラゴンとの戦いは、逆転逆転また逆転の激戦だった。

エンペラードラゴンとの戦いも【解体】で決着がついたが、奴は勘がよく本当に苦戦した。

エンペラードラゴンを倒すと、なんとガチャが出てきて俺は【等価交換】という優れたユニークスキルを得ることができた。

それに、エンペラードラゴンは倒してもまた出現《ポップ》する魔物なので、何度も戦って剣の腕を磨いた。

あのエンペラードラゴンとの戦いを経験したからこそ、今の俺があると思っている。

「エンペラードラゴン戦以降は【解体】に頼らない戦闘ができるようになった」

相棒《黒霧》と俺のコンビは、最強だ。そんなことを黒霧に言うと調子に乗るから言わないが、黒霧には感謝している。


「……」

俺の背後に巨大な気配を感じた。これは……ベーゼか。

「どうした？」

「申しわけございません。死霊族が持つ召喚施設はまだ見つかりません」

どこにでもいけるベーゼの探索能力は圧倒的なものだ。そのベーゼをもってしても見つからないというのは、相当面倒なところにその召喚施設があるのだろう。


この世界に唯一残った召喚施設を破壊するのが、今の俺の使命というか目標になっている。

これも日本の神であるヒルメさん、天照大御神《あまてらすおおみかみ》の名のほうが日本人は知っていると思うが、そのヒルメさんとの契約だから必ず遂行するつもりだ。

今思うと……ヒルメさんから報酬の前渡しで鈴をもらったが、これで俺は召喚施設を絶対に探し出さなければならなくなったのだ。

鈴をもらった以上、後に引けなくなったわけだ。もっとも、歩《あゆむ》のために後に引くなんてことは考えていないけど。

しかし、ヒルメさんもなかなか狡猾なことをしてくれる。

「構わん。死霊族の拠点だったあのダンジョンになかったんだ、簡単に見つかるところにないのだろう。引き続き召喚施設の探索に全力を挙げてくれ」

「承知しました」

ベーゼに発見できないのなら、誰が探したって発見できない。気長に待つしかない。

「ツクル、こんなところにいたのですか？」

銀色の髪が朝日に染まりピンク色に光り輝いている彼女は、エルフ族のエンシェント種であるアンティアだ。

これまで人族のエンシェント種であるクソジジィ、巨人族のエンシェント種であるクラフトン、死霊族のエンシェント種であるシャーマナイル、魔族のエンシェント種であるクリュサールに出遭ったが、クソジジィは異世界に追放し、クラフトンも追放し、シャーマナイルは追い詰めたが逃げられ、なぜかクリュサールには懐かれてしまった。そう言えば、カトブレパスとかいう魔族のエンシェント種もいたっけ。すっかり忘れていたぜ。

そういったエンシェント種たちと違って、アンティアは俺にとって非常に身近にいる愛しい人だ。

「こんなに朝早くに、どうしたんだ？」

「うふふふ」

俺が問うと、アンティアは心底楽しそうに笑い、その金色と銀色のオッドアイで優しく俺を見つめてくる。

「こうしてツクルと二人っきりでいられるには、こういう時間を利用しないとできませんから」

そう言ってアンティアは俺にしなだれかかってくる。

俺はアンティアの肩を抱いて、しばらく二人で川面に映る朝焼けを眺めた。


「そろそろ皆が起きるころだ。戻ろうか」

日が高くなって朝焼けの時間も終わった。

「ツクル」

アンティアがいたずらネコのように目を細める。

「ん、なんだ?」

「抱っこしてください」

二人っきりだからか、いつも以上にアンティアのスキンシップ要求が強い。だが、そういうのは嫌いではない。

俺はアンティアを抱きかかえた。お姫様抱っこだ。

細身のアンティアはとても軽い。

「さあ、いこう」

「はい」

アンティアが俺の首に腕を回して、俺の顔にアンティアの顔を近づけてきたと思ったら、キスをしてきた。

二人しかいないのだから、アンティアの柔らかな唇の感触を楽しむ。

「ごほん……」

いつの間にか一ノ瀬《いちのせ》たちが立っていた。ちょっと恥ずかしい。

「アンティアさん、私たちもご主人様に抱っこしてほしいのです」

「早い者勝ちですよ、カナンさん」

俺の首に回しているアンティアの腕に力がこもるのを感じた。

「ツクル君……」

一ノ瀬が何を望んでいるのか、鈍感な俺にだって分かる。

「あー、交代で抱っこするから……」

アンティアはかなり嫌がったが、アンティアを降ろしてカナンを抱っこする。それからハンナ、一ノ瀬、アリーを抱っこした。

もちろん、全員が俺にキスをしてきたので、俺もキスを返した。

▼▼▼

ベーゼが召喚施設を探してくれている間、基本的にやることがないことからアリーのお膝元であるアルグリアに帰ってきた。

アリーの父親であるエイバス伯爵はがんばったんだろう、三人の息子に恵まれていた。

考えてみたら、アリーを妻にしたのだからエイバス伯爵は俺の舅になり、生まれてきた三人の男の子は俺の義弟になる。

お祝いも何もしていなかったと、反省する。

「久しぶりです。元気そうで何よりです、伯爵」

「婿殿も健勝そうで何よりだ」

エイバス伯爵は相変わらず渋いオジサマだな。

「子供が生まれたと聞いたので、お祝いを持ってきました」

アリーの父親だからできるだけ丁寧な言葉遣いを心がけるが、慣れない……。

「ふっ、婿殿が敬語を使っていると、不思議な感覚だな。以前のように話してくれて構わないよ」

「……そう言ってくれると助かる。正直言って、口が痙攣しそうだったんだ」

「ははは。相変わらずだな、婿殿」

「俺のことも婿ではなくツクルと呼び捨てで構わない」

「そうか？　なら、そうさせてもらおう」

挨拶が終わったので、お祝いの品々を出す。

もちろん、オークジャーキーも忘れない。伯爵なら子供はどれだけいてもいいはずだ。

「すまない。正直言ってこれは助かる」

オークジャーキーが入った瓶を持ち上げて、エイバス伯爵が礼を言ってきた。

「そんなものでよければ、いくらでも贈るからいつでも言ってくれ」

「それは助かる。実を言うと、他の貴族からもこのオークジャーキーを分けてくれと言われているのだ。もちろん代金は払うので数を用意してもらえないだろうか」

「アリーの父親の頼みだ、いくらでも用意しよう」

「すまない！」

エイバス伯爵が俺の手を取って感謝してくる。

オークジャーキーを作るために、オークキングの肉がいる。

そこで久しぶりにボルフ大森林にやってきた。ボルフ大森林と言えば、アンティアたちエルフの里だ。

オークキングを狩るついでに、エルフの里にも立ち寄った。

エルフたちはアイアンキャンサー料理が好きだったので、カニ料理を振る舞うことにした。

ただし、今度はアイアンキャンサーではなく、レッドシザースクラブだ。このレッドシザースクラブは、アイアンキャンサー以上に芳醇な味のカニで、レベルもアイアンキャンサーよりも高い。

「なななな、なんて美味しいんだ！」

「アイアンキャンサーも美味しかったが、このレッドシザースクラブはほっぺたが落ちそうなほど美味しいぞ！」

茹でカニ、焼きカニ、カニの刺身を出して次はカニグラタン。これで多くのエルフの腹が膨れるが、そんな腹でもまだ食べたくなるようないい匂いの甲羅焼きをさらに作る。

巨大なレッドシザースクラブの甲羅を火にかけて、カニミソとほぐした身を甲羅の上で和えて焼く。

「美味すぎる！」

「もう死んでもいい！」

「ああ、幸せだー」

これで終わりだと思うなよ！　身がなくなった甲羅に純米酒を入れて五十度くらいの熱燗にして振る舞う。

「この酒はどれだけでも入っていくぞ！」

「ダメだ！　腹がいっぱいで飲めないはずなのに、どんどん飲めてしまう！」

「もう死ぬー」

翌朝、死屍累累《ししるいるい》の光景がエルフの里に広がっていた。すまん、調子に乗ってしまった。だが、美味かっただろ？

てか、死屍累々の中にカナンも混ざっているんだが……。まあ、いいか。

「長老、あとは頼みます」

「はっ！　アンティア様もご健勝でお過ごしください！」

どう見ても二十歳にしか見えない長老は、アンティアに五体投地して応えた。この五体投地は定番なんだな。

カナンは俺が抱きかかえて皆でエルフの里を出た。

アルグリアに戻った俺は、さっそくオークジャーキーを作った。

これでもかというくらいにオークキングを狩ってきたので、大量のオークジャーキーを作ることができた。

「おお、助かるよ。ツクル」

「他の貴族にどれだけ分けるか知らんが、これだけあれば数年は不足することはないだろう。それにオークジャーキーは基本的に保存食だから長持ちするから安心してくれ」

エイバス伯爵から報酬をもらった。

俺の妻の中で親がいるのはアリーと一ノ瀬だけだ。ただ、一ノ瀬の親は日本にいるが俺たちが召喚された時の後始末として、ヒルメさんが俺たちの存在をなかったことにしたため、一ノ瀬のことを覚えてはいない。

だから、エイバス伯爵は俺にとって唯一と言っていい身内なので、金をもらうつもりはなかったのだが、どうしてもと言うので断りきれなかった。

「おお、スメラギ様！」

アルグリアにいるのだから、カナンの親代わりであるサイドルのサイドル総合商店に赴いた。

「よう、久しぶりだな」

「はい、お久しぶりにございます」

このサイドルにほとんど騙されてというか、ハメられてカナンを購入したんだっけな。

人好きのしそうなこの笑みに騙されてはいけない。こいつは、カナンを助けるために俺を利用しておきながら、奴隷だったカナンの代金をしっかりとふんだくった奴だ。

そのおかげでカナンに出会えたのだから、文句は言うが恨んではいない。

「今日は魔物の素材を購入してもらいたいのと、おにぎりを卸したいと思う」

これまでも時々サイドルに魔物を買い取ってもらったが、今日はこれまでにない量を買い取ってもらおうと思っている。

「それは助かります！」

「おう。あと、このアルグリアに屋敷を購入したい。適当な物件を見繕ってくれ」

カナンとアリー、そして一ノ瀬のためにも、このアルグリアに屋敷を購入しようと思っている。カナンはサイドルに、アリーはエイバス伯爵に、一ノ瀬は友達の葉山《はやま》に会いやすくなる。

アリーは俺が購入しなくても屋敷を用意すると言ってくれたが、それではヒモのようで嫌だ。俺の屋敷は俺自身で買って、皆に住んでもらいたい。

「おお、このアルグリアに住まわれるのですね！」

「拠点を置くが、いつもいるとは限らない」

「いい物件をご提案させてもらいます。まずは倉庫で魔物の素材を確認しますので、奥へお願いします」

途中で店で働いている藤崎《ふじさき》に会ったが、がんばっているようだ。サイドルも助かっていると言っているので、よかった。

「これはまた……」

大量に魔物の素材を出したら絶句された。

「サイドルならこのくらいは捌けるだろ？」

「ふふふ。もちろんでございます。このサイドル、商人のプライドにかけて売り切ってみせますぞ！」

サイドルが色々と皮算用しているところに葉山がやってきて、一ノ瀬と話し込んでいる。仕事はいいのか？　まあ、俺が心配することではないな。

しばらく買い物をして、屋敷のことはサイドルに任せ、俺はサイドルの店を後にした。

路地裏に入って立ち止まると、ベーゼが何もないところから姿を現した。

「どうした？」

ベーゼの気配がしたので、この路地裏に入った。さすがに人通りの多い大通りでベーゼが現れたら、大騒ぎになるからな。

「巨人族が捕虜にしていました勇者たちを喰らっております」

「っ⁉」

一ノ瀬が口を押さえて目を大きく見開いた。

別に巨人族に捕虜にされている勇者たちを、忘れていたわけではない。ただ、俺が勇者を助ける必要性を感じなかっただけだ。

魔族に捕まっていた勇者はクリュサールが解放してくれたので、日本に帰りたいという奴は帰してやった。

好き勝手やっていた九条《くじょう》たちは調子に乗りすぎたので力を奪ってやったが、基本的に俺は勇者に関わり合いたくない。

葉山は一ノ瀬の友達だし俺も少しは喋ったりして関わりがあったから助けた。藤崎はついでで助けた。猿山《さるやま》たちバケモノ勇者は放置すると一ノ瀬が悲しむから、少しだけ手を差し伸べた。そのくらいなら構わないが、わざわざ巨人族の拠点に赴いてどうこうしようとは思っていなかった。

俺にとって勇者なんて奴らはどうでもいいし、この世界にきてから調子に乗っていた奴らを助ける義理はない。

「そう言えば、新しいエンシェント種が生まれたんだよな？」

なぜか知らないが、異世界に追放したクラフトンの代わりに新しいエンシェント種が生まれている。

クラフトンはハンナにボコボコにされていたが、それでも長年に渡って巨人族を率いてきたエンシェント種なので、まさか死ぬとは思っていなかった。

異世界にクラフトンを倒す何かがいるのか、食料がなくて餓死したか、それとも孤独に耐えかねて自分で命を絶ったか？　まあ、どんな死に方をしても興味はないな。

「イロームというエンシェント種が生まれておりますが、そのイロームが勇者を喰らって力を得ようとしています」

「……勇者を喰ったら強くなるのか？」

俺は思わずアンティを見た。

「同じエンシェント種ですが、あのような野蛮な巨人族と一緒にしてほしくはないです」

「すまん。つい……」

「ですが、勇者はこの世界の者ではありませんから、もしかしたら力を得られるのかもしれませんね」

ついい最近まで巨人族は魔族を支配下に置いていたが、今では魔族に支配地域を追い出されて辺鄙な場所で暮らしている。

辺鄙な場所だから巨人族のエサになる動物がいなくて、勇者を喰らったというのなら話は分かるが、あんな勇者たちを喰って力が手に入るのか？

一ノ瀬をちらりと見るが、かなりショックを受けているようだ。今までは勇者たちが生きているということもあって、俺に遠慮して何も言わなかった。鈍感な俺だが、それくらいは分かっている。

特に危害を加えられることがなかったので、放置していたし一ノ瀬もあえて何も言わなかった。しかし、今回は俺の一ノ瀬にあんな悲しい目をさせた野郎を放置はできない。この落とし前はきっちりつけさせてもらう。

「ベーゼ……。巨人族のところに案内しろ」

「承知しました」

「ツクル君……」

「俺の一ノ瀬にそんな目をさせたんだ。そこが地獄だろうと俺は巨人族のバカどもをぶっ飛ばしにいく」

「……ありがとう」

召喚施設の破棄も大事だが、一ノ瀬も大事だ。俺の大事な一ノ瀬を悲しませた罪は重い。しっかりと罰を受けてもらう。


空飛ぶ魔法の絨毯（超高速飛行仕様）に乗ってベーゼの案内で巨人族が落ち延びた土地へ向かう。

この空飛ぶ魔法の絨毯の最高速は、マッハ20くらい出ると思う。そのための風圧対策は万全にしてあるし、高度の薄い空気や気圧、それに寒さにも対応している。

試していないが、成層圏を越えて宇宙へ出ることが可能な仕様になっている。もちろん、大気圏に突入するときの摩擦熱にも対応しているので、安心してほしい。

正直に言うと、自分で走ったほうが速い。まあ、それは言わぬが花だし地上は障害物があるので、マッハを超える速度で走ったら大惨事になる。だから、遅くても飛んだほうが面倒がなくていい。

海を飛び越えて、入ったのは魔族たちが住んでいる大陸だ。

魔族のエンシェント種であるクリュサールは、俺を魔王と呼んで懐いているが、結構ウザイ。敵対はしていないが、俺を魔王と呼び必要以上にまとわりついてくるので、鬱陶しくて何度かぶっ飛ばした。もちろん手加減はしている。そうじゃないと、死にはしないだろうが大怪我をするからな。

魔族の町を越える時に上空から町を見たが、長い間巨人族によって支配されていたため、町は荒れ放題で今は復興途上といった感じだ。

「魔族さんたちの町は、あまり活気がないですね……」

カナンの言う通り、魔族の町は一部で新しい建物が建っているが、ほとんどは手つかずだ。

魔族は狩猟種族であり、大食漢が多い。だから、食料を得るために多くの魔族が町の外で狩りをしている。家よりも食料確保のほうが大事なのだ。

魔族の町を飛び越えてしばらく進んで大陸の端のほうに近づくにつれ、赤土がむき出しになった荒野が目立つようになってきた。

そして赤土の荒野から砂漠へと地形が変わる辺りに巨人族の集落がある。

集落と言っても家などはない。巨人族は元々建物を建てる文化を持っておらず、エンシェント種のクラフトンでさえも洞穴に住んでいた。基本は野宿なのだ。

まあ、あんな巨体が入れる建物なんて、どれだけデカイものを造らなければならないのかと気が遠くなるしな。

巨人族が砂の上で寝転んだり、胡坐をかいている光景を見下ろす。

「ベーゼ、新しいエンシェント種と捕虜になっている勇者たちはどこにいるんだ？」

「エンシェント種はあの岩山の麓にございます」

巨人族が住み着いたのは荒野と砂漠の境界のような場所で、岩山もいくつかそそり立っている。

その中でもひと際大きな岩山の麓にエンシェント種がいるようだ。

「勇者はあちらでございます」

エンシェント種のいる岩山からやや離れた小さめの岩山のそばに勇者がいるらしい。

「カナンとアリー、それと一ノ瀬は勇者を助け出しに向かってくれ。助けたらその場でアルグリアに送ってやれ。勇者の世話は一ノ瀬に任せるから、一緒にアルグリアに向かってくれ」

「分かったわ、ツクル君」

空飛ぶ魔法の絨毯を地上に降ろし、三人に勇者を任せる。

「ぐだぐだ言うようならぶっ飛ばしていいからな、カナン」

「任せてください。空の彼方までぶっ飛ばしてやるのです！」

カナンは可愛らしい笑顔で燃え盛る大賢者の杖をブンブン振り回す。ホームランが打てそうだ。

「アリーも遠慮はいらないぞ、ウザかったら精神を操ってやれ」

「はい、ツクルさんを一生敬うように矯正して差しあげます」

マッドな笑顔だ。美人なだけにマッドさが際立つぜ。

俺は思わずアリーに向かって親指を立ててしまった。そういうの嫌いじゃない。

一ノ瀬はカナンとアリーに不安があるのか引きつった表情をしているけど、カナンにぶっ飛ばされたりアリーに精神を操られるかは勇者次第だ。


三人を見送って、俺はハンナ、サーニャ、アンティアの顔を見る。

「俺たちは新しいエンシェント種に挨拶といこうか」

「落ちぶれた巨人族を率いる者の顔を見てあげましょう」

アンティアは楽しそうだな。クラフトンの野郎が好き勝手やっていた時期が長かったようだから、クラフトンをぶちのめした今でも巨人族を嫌っている。

「巨人族のガサツさが、私は受け入れられません」

巨人族は洞穴に住んだり野宿したり、食事も獲物を生で喰うらしいからガサツというか文化レベルが低い種族だ。

それでいてあの巨体から繰り出されるパワーを背景に、他の種族に好戦的な対応をするのだからたちが悪い。アンティアが嫌うのも無理はないだろう。

「ご主人様、今回のエンシェント種はどのようにしますか？」

俺をご主人様と呼ぶのはハンナだ。俺の妻なんだが、奴隷の時のままの呼び方をする。

「殺さない程度にボコボコにしようと思う」

「前回のように追放はしないのですか？」

「今のエンシェント種の体と心に恐怖を刻みつけて、二度と俺に不快な思いをさせないようにしてやればいいいさ」

「お兄ちゃん、追放じゃなくて拷問するんだね！」

歩の生まれ変わりのサーニャは、俺をお兄ちゃんと呼ぶ。歩もお兄ちゃんと俺を呼んでいたので、まったく違和感はない。

ただ、いい笑顔で拷問とか言わないでほしいと思ってしまう。

「カナンを勇者のほうに回したから、追放できないってのもある」

カナンしか【時空魔法】を持っていないので、誰もいない異次元に閉じ込めることができない。まあ、カナンがいてもいなくても、追放は考えていない。

「今回はサーニャでいいよね、お兄ちゃん！」

「む、サーニャ、それはじゃんけんで決めましょう」

「ダーメ！　お姉ちゃんは前回のクラフトンをぶっ飛ばしたじゃない」

「それはそれ、これはこれです」

「ダメったらダメなの！」

サーニャとハンナが顔を突き合わせて睨み合っている。微笑ましい姉妹のじゃれ合いだ。

「あら、私もいましてよ」

おーっと、アンティアも参戦するようだ！

「えー、アンティアさんまで⁉」

三人は話し合いの末、ハンナは前回戦ったので参戦権なしで、サーニャとアンティアの二人がじゃんけんをして今回はサーニャが戦うことに決まった。

サーニャは【手加減】を持っているから、殺すことはないだろう。身体的に追い詰めるのはサーニャに任せよう。

「それでは、私は他の雑魚を駆除しましょう」

「アンティアさん、お手伝いします」

「うふふふ、競争ですね、ハンナ」

「負けるつもりはありません。アンティアさん」

二人の視線の間で火花が……。


何はともあれ、俺たちは新しいエンシェント種のもとに向かった。

途中、10メートル級の巨人族に何度か遭遇したが、ハンナとアンティアが瞬殺して声もあげさせない。二人にサイレントアサシンの称号を与えよう。なんちゃって。

「あれが新しいエンシェント種か」

岩山に背中を預けて座る100メートル級の巨人を見つけた。【詳細鑑定】で見るとレベルと能力がクラフトンより高いのが分かる。

「大きいだけで、感じる力は大したことないね」

「サーニャ。窮鼠猫を噛むと言うからな、油断をするなよ」

「うん、任せて！」

サーニャは海竜王牙トマホークを握って、ブンブンと振り回す。

転生した歩は戦いが嫌だと言って魔王になるのを拒否したはずなんだが、生まれ変わりのサーニャはなんで好戦的なんだろう？　歩の記憶が戻ったら聞いてみるか。

「ここからは俺とサーニャでいく。ハンナとアンティアは邪魔が入らないようにしておいてくれ」

「承知しました、ご主人様」

「ツクルとサーニャであれば万が一もないでしょうが、気をつけてください」

雑魚については二人に任せて、俺とサーニャは新しいエンシェント種がいるところへ歩いていく。

しかし、クラフトンもデカかったが、こいつもデカいな。

「大男総身に知恵が回りかね、ってな」

「それ、聞いたことある。たしか、巨人族のことだってアンティアさんが言っていたよ、お兄ちゃん」

間違っていないと思うのは、俺だけじゃないと思う。って俺がアンティアに教えたんだった。

新エンシェント種の名前はイローム。濃い緑色の髪の毛が逆立っているのは、拘りがあるのだろうか？

クラフトンはむさ苦しいゴリマッチョのような体型だったが、このイロームはマッチョではなく中年のおっさんのような腹をしている。

だからなんだと言われればそれまでなんだが、一応、見た感想を述べてみた。

俺とサーニャが近づいていくと、それまで目を閉じて寝ていたイロームの瞼がゆっくり上がっていく。

瞼が完全に上がり切ると、イロームは赤い瞳を動かして俺とサーニャに視線を向け、ぼりぼりと頭をかく。

その姿が幼い頃に動物園で見たナマケモノのようで、俺は「ぷっ」と思い出し笑いをしてしまった。

「何かと思えば、カトンボが逃げ出したか」

イロームは俺とサーニャを見て、捕らえていた勇者たちが逃げ出したと思ったようだ。

ちょっとでも脳みそが使えるのであれば、勇者の中にサーニャのような可愛らしい獣人がいたのか分かりそうなものだが、まったく観察力がなく知恵が回らない奴のようだ。

しかし、聞きづらいガラガラの声だな。こんな乾燥した辺鄙なところに追いやられてしまったことで喉に潤いが足りないのは分かるが、少しは喉に気をつけたほうがいいぞ。

身じろぎせずに俺とサーニャを見据えるイロームは、立ち上がりもせずにベロリと舌で唇を舐める。

どうやら俺とサーニャは餌扱いらしい。

ある程度近づいたところで、俺は足を止めるがサーニャは止まらず進む。

今回の巨人族のエンシェント種はサーニャが相手をするが、サーニャ本来の戦い方は遠距離から海竜王牙トマホークを投擲して敵を狙撃するというものだ。

だが、サーニャは立ち止まらずゆっくりと歩みを進める。

今のサーニャのレベルは六百、対してイロームのレベルは五百七十。

レベル差三十はそこそこ大きいが、このレベル帯になるとこれまでの戦闘経験でそのくらいのレベル差は簡単にひっくり返る。

しかも、サーニャはゆっくりとイロームに近づいていくが、サーニャのスキル構成に近距離攻撃や接近戦のものはない。

イロームのほうはクラフトンを超える力自慢と言うべきスキル構成で、遠距離攻撃よりも近距離攻撃のほうが得意だ。

氏名：サーニャ
ジョブ：断ち切る者　レベル六百

スキル：【気配遮断VII】【暗視VII】【気配感知VI】【偽装V】【手加減IV】【直感VI】【影縫いVI】【集団連携行動III】
種族スキル：【回避VII】
ユニークスキル：【断ち切る者V】
能力：体力S、魔力B、腕力EX、知力S、俊敏EX、器用EX、幸運A
称号：断ち切る者
加護：ツクルの庇護

氏名：イローム
種族：エンシェントジャイアント　レベル五百七十
スキル：【危機感知IV】【気配感知IV】【巨人力IV】【破壊王IV】【超再生III】【金剛III】
ユニークスキル：【力を支配する者】
エンシェントスキル：【第二の命】
能力：体力EX、魔力B、腕力EX、知力C、俊敏A、器用B、幸運E
称号：始祖ジャイアント、試練を課す者

金剛　：　防御力を高め、ダメージを軽減する。

クラフトンに比べればレベルが七十五も高く、【超再生】と【金剛】を持っている。

それだけ見れば、クラフトンよりもはるかに硬いのが分かり、しぶといはずだ。

しかし、レベルがここまで高いのは最初からなのか？　それとも勇者を食ったからか？

レベル百程度の勇者を食ったからといって、レベルが爆上がりするとも思えないが……。

サーニャは自分の得意な距離を捨ててイロームに近づき、その巨体を見上げた。

「ウドの大木なのに、喋れるのですね。しかも人の言葉を喋るなんて、このウドの大木は珍しいわね」

「小娘、何をごちゃごちゃと言っている？　踏み潰されたいか？」

イロームが右手を振り上げてサーニャに向けて降ろす。

踏み潰されたいのかと聞いておきながら、答えを聞かずに行動に移すところが、巨人族らしいと思ってしまう。

しかも、踏み潰すと言っておいて叩き潰そうとする。このイロームは見た目以上に頭が悪いようだ。

ズドーンッという轟音と共に、乾いた土や砂が巻き上がる。

イロームがニヤリと口角を上げる。サーニャを叩き潰したと思っているんだろうが、そんなに簡単にサーニャを捉えられると思うなよ。

うちのサーニャはな、俺たちの中で一番回避能力が高いんだぜ。

「脳みそがなさそうだから教えても無駄だよね。だから、体に分からせてあげるよ」

イロームの右の二の腕にズンッと海竜王牙トマホークがめり込む。

「ぐおっ!?」

痛みによってイロームの顔が歪む。

サーニャの攻撃を受けたのはイロームが油断したからで、避けることができなかったとしても【金剛】を発動させればダメージはなかったはずだ。

雰囲気で相手の力量を測れないのは致命的だな。俺のように【詳細鑑定】がなくてもその人物が自分より強いか弱いかは、纏っている雰囲気である程度分かるものだ。

そのくらいにならなければ、戦いの中で生き抜くことはできない。

それなのに、このイロームには相手の力量を測る力がない。スキルに【危機感知】があるが、スキルには表われない戦闘のセンスというべき力がイロームには足りないのだ。

そう思うと、エンシェント種との戦いも物足りなさを感じてしまう。こんなことを考える俺も人外になったと思う。

イロームがレベルの高い雑魚でしかないと思ったら、なんだかイロームに対する興味が消え失せてしまった。

元々それほど興味があったわけではないが、それでも少しは手ごたえがある奴ならいいと思っていたんだ。

なのに、俺の目の前でサーニャと戦っているイロームは、ただ体がデカく、ただレベルが高く、ただスキルがいいだけの雑魚なんだ。失笑しか出ない。


「小娘がっ！」

イロームが立ち上がり、その全貌を見せる。

毎回思うが、デカければいいってものではない。

「その小娘にいいようにあしらわれる、図体だけがデカいお頭《つむ》の中が空っぽの巨人さんは誰でしょーか？」

サーニャがイロームを煽ると、イロームは顔を真っ赤にさせて頭から湯気を出す。怒るのはいいが、冷静にサーニャの動きを見ないと、攻撃を当てることなんてできないぞ。

「矮小な人族がっ！」

イロームが地面ごとサーニャを蹴り上げる。もっとも、すでにサーニャはそこにはいないので、地面もとんだとばっちりだ。

そして、どうでもいいが、サーニャは人族ではなく獣人族だ。そのくらいのことも分からないイロームは本当に脳も筋肉でできていそうだ。いや、贅肉か。

「ちょこまかと逃げおってからにっ！」

「逃げるのではなく、避けているだけですよ。のろまなウドの大木さん」

「ほざけっ！」

イロームの動きは単純で回避するのはサーニャでなくても簡単だ。そのことが分からないようではイロームの勝ちはない。もっとも、イロームが勝てる見込みは万に一つもないくらいに低い確率だ。

「こんな奴がエンシェント種だというのか？　シャーマナイルとはまったく違うぞ」

人化して金髪碧眼のダンディなおじさんの姿になった黒霧が、イロームを残念な奴を見るような目で見ている。

「あのイロームって奴は、戦闘経験が圧倒的に少ないんだろう」

「レベルだけが高くなっても、戦闘経験は手に入らない。無意識に体が動くようにならなければ、本当の意味で強者とは言えぬ。エンシェント種の弊害だな」

俺の言葉に黒霧は鼻を鳴らした。自分を剣に変えた奴もまたエンシェント種だから、面白くないんだと思う。

「おのれぇぇぇ、小娘がっ！」

イロームは小娘とか矮小とかそれしか言えないのか？　まあ、見た目通り頭が悪いってことか。

そのイロームが回し蹴りをしたところで、サーニャが軸足の脛に海竜王牙トマホークを叩きこんだ。

「ぎゃぁぁぁぁっ!?」

イロームがバランスを崩して尻もちをついたため、土や砂が巻き上げられて視界が悪くなる。

だが、イロームが立ち上がると上半身が土煙の上に出てきたので、サーニャは容赦なく眉間に海竜王牙トマホークを叩きこんだ。

海竜王牙トマホークが眉間に深々と刺さったイロームが、痛がって足をじたばたし、土煙が広がっていく。


周囲の巨人族を一掃したアンティアが帰ってきた。

「あら、土煙で何も見えないですね」

他の巨人族が邪魔をしないようにと頼んだのだが、アンティアとハンナは邪魔をするしない関係なく、巨人族を一掃してしまったようで、ハンナも帰ってきて同じ感想を述べた。

「おーい、サーニャーーー。そろそろ飽きたから帰るぞー」

イロームについて見るべきものがない。

レベルの低かったクラフトンのほうが、よほど強かった。戦いの経験や勘というものは、それほど重要なものだ。

「はーーーい」

そそり立った山の上で、土煙を回避しているサーニャが手を振って返事をしてきた。

戦いの最中だけど、サーニャの愛嬌に癒される。

「ぐおおぉぉぉぉぉぉぉぉっ！」

土煙の中から怒声を発してイロームが現れて、サーニャが立っている山へ肩から体当たりをした。

山は粉々に破壊されるが、サーニャはというと山の破片の一部の上に乗って、上空へ舞い上がっている。

イロームはサーニャを探すが、破片の陰になってサーニャの姿が見えないようだ。

自分が破壊した山の破片によってサーニャの姿を見失うなんて、なんて戦闘センスのないことか。

俺の横でも黒霧が頭を振って呆れている。

「いっくよーーーっ」

そのかけ声と同時にイロームの両肩から血が噴き出した。

「な、なんだっ!?」

「まだまだいくよー」

「ぎゃーーーっ!?」

イロームにはサーニャが放った海竜王牙トマホークが見えていないようだ。

俺でさえほとんど見えないのだから、イロームに見えるとは思えない。それほどにサーニャは【断ち切る者】を使いこなしているということだ。

体中から血を噴き出したイロームが地面に倒れ、乾いた土が容赦なくイロームの血を吸う。

「ぐっ……なぜだ、なぜエンシェント種たる我が……」

「そーれっ」

「ぐあっ!?」

倒れているイロームの顔面に飛び蹴りを食らわしてから、サーニャは大きく飛んでくるくると後方宙返りを数回決めて俺の目の前に着地する。

「お兄ちゃん。あれ、どうする？　殺しておく？」

「いや、いい。後は俺が話をつけるから、サーニャは休んでいてくれ」

今の戦いでサーニャが疲れる要素はないから、休む必要はない思うけどな。

「はーい」

頭を撫でてサーニャを慰労する。

黒霧に視線を向けると、俺の考えを察して刀に戻ってくれたので腰に佩《は》く。

痛みに喘いでいるイロームの近くまで歩いていく。血は止まることなく流れ出していくのが分かる。

イロームの太い血管を効果的に切って失血させている。なんて恐ろしい子なんだろうか。

こいつを殺すのは簡単だ。だが、こいつを殺したら新しいエンシェント種が生まれるだけで、またバカをやらかすかもしれない。

だったら、こいつを教育してバカをしないようにすればいいんじゃないかと思うわけだ。

もっとも、話して聞かせても脳みそまで筋肉でできているこのイロームが、理解できるとは思えないが。

「おい、ウドの大木」

「ぐっ……」

イロームは顔を俺のほうに向けて、怒りに染まった視線を投げかけてくる。

この状態でまだ闘志を持っているのは褒めていいと思うが、こいつには後悔や戦いを振り返る脳みそがないから本能だけで動いているんだろう。

「俺はお前が勇者を食おうと、人間を食おうと、構わん。だが、俺の大事な人がそれで悲しんだ。だからお前に罰を与えにきたんだ。分かるか？」

分かるとは思えないが、一応、聞いてみた。

「……」

「今後、人間を食うな。人族、魔族など関係なく、人間を食うな。もし食えば、今度は殺しにやってくるからな。【第二の命】なんて関係ないぞ。お前をこの世から消し去ってやる」

殺気を飛ばしながら話していると、イロームの体が小刻みに震え出し、最初は怒り溢れる瞳だったのに、今では恐怖で怯える瞳になっている。

「今、お前が感じている感情は、恐怖だ。この世にはお前など想像もできない強い奴がいる。それが俺たちだ」

親指を立てて俺自身を指さしてから、黒霧を抜いて飛び上がる。

イロームが何をされるんだと言いたげな、恐怖のこもった瞳で俺を追う。

上空からイロームを見据え、黒霧を振る。

見えない斬撃が飛んでいき、イロームの胸にpunishment《罰》と刻む。

「ぎゃぁぁぁぁぁっ!?」

「その傷は一生消えない。人間を食いたいと思ったら、その傷がこの恐怖を思い出させてくれるだろう」

イロームは一生消えない傷を胸に、これから生きていくことになる。

「俺たちはこれで帰るが、これからの行動はよく考えることだ」

そんな頭があるとも思えないけど、体に刻み込んだ恐怖はこいつの行動を制限すると思う。

俺はサーニャ、ハンナ、アンティアが待っているところへ一瞬で移動する。

「さあ、帰ろうか」

空飛ぶ魔法の絨毯に四人で乗って、最高速で巨人たちの住処をあとにする。

カナンに【念話】で帰ると告げる。その際に助け出した勇者たちのことを聞いたが、二人ほど一ノ瀬に詰め寄った奴がいるらしい。

今はアリーが大人しくさせたようだが、一ノ瀬に勇者を救う義務などないのに、そういうことを言う奴がいるということに辟易する。

アルグリアに到着したら、粛清してやろうかと思ってしまうじゃないか。

001
魔族の復興

アルグリアに戻った俺は、サイドルが用意してくれた屋敷に入った。

その俺のもとにクリュサールがやってきたのは、勇者たちを日本に帰した三日後だった。二人の勇者がギャーギャーうるさかったので、【闇魔法】で幻を見せてやって精神崩壊する寸前まで追い込んでやったが、今はその二人も日本に帰っている。

あの二人は今後、夜や暗闇を恐れて生きることになるだろう。


クリュサールが堂々とアルグリアに入ろうとして、ゴリアテたちが魔族が攻めてきたと思い込んで大騒ぎになった。

ゴリアテたちはボルフ大森林で魔物を狩ってレベルを上げているが、クリュサールの敵になり得ない。クリュサールがエンシェント種ということもあって、レベルが圧倒的に違うからだ。

クリュサールのレベルは五百オーバーなので、さすがに訓練と戦闘経験を積んだゴリアテたちでも埋められる差ではない。


俺は騒ぎ立てたゴリアテを正座させる。

「もう少し考えて騒げよ」

「面目次第もござらん……」

人族、獣人族、エルフ族、ドワーフ族、そして魔族の五種族は二カ月前に不戦協定を締結しているのだから、魔族がきたからといって攻めてきたと騒いだゴリアテたちのほうに非がある。

大きな体を小さくするゴリアテと、ソファーに座りながらニヤニヤしているクリュサールを交互に見て頭をかく。

「はぁ……。もういい、ゴリアテは帰れ。帰って伯爵に何も問題はなかったと報告しろ」

「しょ、承知しました」

ここは俺が買った屋敷だ。ゴリアテを帰らせて俺もソファーに座る。そのタイミングでアンティアも部屋に入ってきて俺の横に座った。

「それで、お前は何をしにきたんだ?」

クリュサールは足を組むのを止め、表情を引き締める。

「魔王殿に頼みがあってやってきた」

「頼み?」

「我が魔族の国は長年巨人族の奴らの下でゴミのような扱いを受けてきた」

そのことは知っている。クリュサールの城へ行った時に見た町は、ゴーストタウンのような酷い状態だった。

「そこで魔王殿に我ら魔族の町の復興を手伝ってもらえないかと思って、ここへやってきた」

「はぁ？」

こいつは何を言っているんだ？　なんで俺が魔族の町の復興を手伝わなければならないんだ？

「いやー、俺たち魔族は町を造るとか、何かを創造するということが苦手なんだ」

クリュサールが頭をボリボリかきながら、よわったなーといった感じで語る。

「だからと言って、俺がなぜ手伝わなければならないんだ？」

「今も言ったが、魔族はそういうのが苦手だ。だったら誰かに頼むしかないが、我らにそういった伝手はないのだ。そこで魔王殿の顔が浮かんだってわけだ」

「浮かんだって、そんなものはもの作りが得意なドワーフにでも話を持っていけばいいだろ。だいたい、ドワーフのエンシェント種とは不戦協定を締結する時に顔を合わせているから、知らぬ仲ってわけでもないし」

「それも考えたのだが、ドワーフと魔族は長い間犬猿の中だったわけで、いくら協定を締結したといってもお互いにわだかまりがあるんだ。そのような状況では復興もくそもないだろう」

まあ、その考えには一理あると思うが、俺には関係のないことだ。

俺は不機嫌さを隠さずにクリュサールを見つめる。

「………」

しばらく見つめていると、クリュサールの目が泳ぎ出す。そして、ソファーから立ち上がって床にひれ伏して土下座をした。

「なんの真似だ」

「この通りだ。今のままでは魔族は立ち行かぬ」

「今までだってやってきたんだ、これからも同じってだけだろ」

「それでは巨人族の呪縛から解放されたことにはならない！　魔族が巨人族の呪縛から解き放たれたと言えるのは、復興を成し遂げた時なのだ！　魔王殿。どうか、魔族を助けてくれ！」

床に頭を擦りつけるクリュサールの必死さが伝わってくる。

こいつエンシェント種なのに、まったく驕ったところがない。

アンティアに視線を向けると、軽く頷く。まさか助けてやれというとは思わなかった。

「分かった、分かった。復興の手助けをしてやる」

「本当か!?　ありがたい！　魔王殿、この通りだ！」

クリュサールは床に頭を擦りつけて感謝の意を伝えてきた。

歩が魔族の前のエンシェント種であるカトブレパスに召喚され、その時に歩と両親が殺されたことは許すことはできない。

しかも歩が協力を拒否したら追放して、その結果、歩は勇者に殺された。

魔族にいい感情はないが、このクリュサールはエンシェント種だというのに、驕りがなく、自分ができないことがあることを素直に認める度量もある。こういった姿勢は好感が持てる。

俺も甘いなと思うが、クリュサールが自暴自棄になって他の種族と戦い出したら面倒だし、せっかくクソジジィがいなくなって世の中が静かになったんだから、つかの間の平和ってやつを楽しんだっていいいと思う。

「だが、復興の手伝いは俺の自由にさせてもらうぞ」

「もちろんだ！　復興さえできれば、魔王殿の好きにしてくれていい」

「なら、お前はどのように復興させたいんだ？」

「ん？　と、言うと？」

こいつは復興と言いながら、復興した時の絵図を描いていないのか？

「商業の町を造るのか、それとも工業か、はたまた農業か、どういった町にしたいんだ？」

「……えーっと」

こいつ、何も考えていなかったようだな。

まあ、そういったことが苦手だから俺のところにきたのだろうが。

「あー分かった。とりあえず魔族領を視察する。それからどういった町造りををするか、決めるぞ」

「そ、そうだな！」

俺たちは魔族が支配する土地を見にいくことにした。


魔族が支配する土地は荒れた荒野や砂漠が半分以上を占める大陸にある。巨人族が砂漠と山岳地帯の少ない土地に押し込まれているが、それ以外は全て魔族の領土だ。

砂漠は、朝は氷点下になり昼間は摂氏六十度を超える気温差のある環境で、とても住めたものではない。と思っていたのだが、魔族の中には人族と違ってそういった環境でも過ごせる奴がいた。

「サンドリザードマンは砂の中でも自由に移動できるし、呼吸もできる。サンドワームのような大型のモンスターでも狩ることができるぞ」

人型だがトカゲのような茶色の皮をしたサンドリザードマンは、砂漠地帯に住む魔族だ。あの脳筋の巨人族でさえ住まない砂漠で勢力を誇っている。

「おい、これって砂金だよな?」

サンドリザードマンの住居は砂漠の中にあるちょっとした岩山だった。

その岩山の住居を訪問した時、金色の細かい砂があったので、手に取ってみると砂金だった。

「砂金だが、それがどうした?」

「魔族の通貨はなんだ?」

「通貨?」

「お金とか銭と言われるものだ」

「そんなものはない。ほしい物があったら物々交換で手に入れるか奪うからな」

「まず、奪うという考えを改めろ。必要なものがあったら、自分たちで作るか通貨を使って買うんだ」

「ふむ、そういうものか……」

クリュサールが顎に手をやって考える。

「分かった。その通貨というものの作り方を教えてくれ!」

そうくると思ったよ。こりゃ、復興までの道のりは長いな……。

他にも海の中を住居にしているマーメードやサハギン、ラミアなどもいるし、山岳地帯に住むロックリザードマンやスコルピーという人間の上半身にサソリの下半身を持つ魔族もいる。森にはアラクネやドルイドもいるし、平地には多くの魔族が住んでいる。

獣人族でも犬やクマなど色々な種族がいるが、魔族にも多種多様の種族がいて、総じて魔族と呼ばれる。


「まず、銭を鋳造《ちゅうぞう》する。貨幣制度が浸透するまでは物々交換でもいいが、いずれは貨幣による取り引きをする。アリー、クリュサールへの教育は任せた」

「はい、お任せください」

貴族であるアリーなら貨幣制度についてだけではなく、その他の国を維持管理するための組織作りについて教育してくれるだろう。

「一ノ瀬はアラクネたちに裁縫を教えてやってくれ」

「上手く教えられるか分からないけど、やってみるわ」

「一ノ瀬なら大丈夫だ」

根拠もなく一ノ瀬に丸投げしていると思うだろ？　そんなことはないぞ。

一ノ瀬は昔から自分で服を作ったり、レース編みをしている。その知識をアラクネに手ほどきしてやればいいのだ。

「ハンナは魔物の狩り方、解体の仕方を魔族軍の奴らに教えてやってくれ」

「承知しました、ご主人様」

魔族は基本的に狩猟民族なので、魔物を狩って食う。しかし、食う前提の狩りなので、魔物の素材に無頓着なのだ。

魔物の素材は防具や武器、その他色々なものに使える。今まで捨てていた素材を活用して生活を豊かにするのが目的だ。

「カナンは農業を魔族に広めてくれ。魔法が得意な魔族を集めて荒れ地を耕し、水路を造るんだ」

「分かりましたです」

荒れ地を耕すのに鍬や鎌は必要ない。この世界には魔法があるのだから、魔法で荒れ地の土を掘り起こし、水魔法で水をやって土地を豊かにする。

魔法を使って農業をするのは当然だが、それでは魔法使いが何かの理由で農業ができなくなったらせっかく育てた作物がダメになってしまう。だから、水路などは整備しておかなければならない。

「サーニャは森から木を伐り出し、山から石を切り出して町へ運ぶんだ」

「分かったよ、お兄ちゃん」

こういう時はサーニャの【断ち切る者】が役に立つ。幸いなことに魔族の中には力自慢が多くいるので、木や石を運ぶ奴には困らない。

あとは町を造る必要があるのだが、残念ながら俺たちの中に町が造れる人間はいない。

俺の【等価交換】を使えば町を造ることは造作もないが、それでは魔族が成長しないだろう。

「建築士や土木士が必要だな……。そうか、スキルを付与してやればなんとかなるか」

俺はさっそくクリュサールに手先の器用な奴を十人ほど集めさせた。すると、ゴブリンが五人、オークが五人だった。

このゴブリンやオークは魔物ではなく、ちゃんと知性がある魔族らしい。どうも魔物が知性を持つと魔族になるらしい。

「ゴブリンには【建築】、オークには【土木】のスキルを付与する」

「ああ、魔王様が我らに恩恵を与えてくださる。なんとありがたいことか」

ゴブリンとオークが跪いて頭を下げてきた。

こいつらも俺を魔王と呼びやがる……。ぶっ飛ばしてやろうか。

「ひ、ひぃ……。ま、魔王様？」

おっと、殺気が漏れたか。

「おい、俺を魔王と呼ぶな。俺にはツクルという名があるんだ、分かったな？」

「ひゃ、ひゃいっ！」

ゴブリンとオークが土下座して返事した。

ゴブリンに【建築】、オークに【土木】のスキルを与えた。

「……なんでこうなった」

俺の前で多くの魔族が土下座している。

ゴブリンとオークにスキルを与えたことが伝わって、他の魔族からも代表者にスキルを与えてほしいと言ってきたのだ。

しまった、スキルを与えたらこうなることは予想できたはずなんだ。俺の考えが足りなかった。

ここで「お前たちに与えるスキルはない！」と言ったら、俺はともかく、ゴブリンとオークが酷い目に合いそうだ。それについて俺に責任がないわけでもないんだよな……。

「あー、分かった。アラクネには【裁縫】、ドルイドには【農夫】、エンプサーには【木工】、サンドリザードマンには【ガラス生成】、ロックリザードマンには【石工】、マーメードには【漁】、サハギンには【船大工】、ラミアには【薬剤師】、スコルピーには【彫金】、ワーウルフには【狩猟】、コボルトには【鍛冶】、ケットシーには【錬金術】……くらいか？」

「ありがとうございます！　魔王様！」

「だから俺を魔王と呼ぶな！」

「ひぃ」

土下座して礼を言ってくる魔族だが、こいつらも俺を魔王と呼びやがる。

「おい、クリュサール！」

「なんだ、魔王殿」

「お前が魔王と呼ぶから、こいつらが俺を魔王とよぶんだぞ」

「魔王を魔王と呼んで何か問題があるのか？」

「俺のことはツクルと呼べ。魔王と呼んだら、復興の手伝いはしないぞ！」

「む、それは困る。分かった。ツクルと呼ぶ。お前たちもいいな」

「ははーーーっ！」

とりあえず、これでいい。

あとは魔族の名物や名産、特産になるようなものがあればいいのだが……。

そういったものを考えるために、俺は人族の町を視察することにした。

▼▼▼

皆と別れて久しぶりの一人である。

そんな俺が向かったのはオース海洋王国の首都だ。

このオース海洋王国は元人族至上主義の国で、ラーデ・クルード帝国とルク・サンデール王国に次ぐ大国だった。だったと過去形なのは、ラーデ・クルード帝国が解体されていくつかの国によって分割統治されることになったからだ。

この世界に召喚されて俺が捨てられたボルフ大森林は、この大陸の北側に広がっていてその土地は広大だ。

正確に測れないので感覚だが、ボルフ大森林の面積は大陸の三分の一くらいある。

そして、このオース海洋王国はボルフ大森林とは真逆の南端にあって、日本のように多くの島を有している国家だ。

国の名前でも分かると思うが、オース海洋王国は海上貿易で栄えている国だ。ただし、大陸にある国土は砂漠ばかりなので、王都は大陸ではなく島にある。

特産は胡椒を始めとした香辛料で、地球でいうインドや東南アジア諸国のイメージだろう。住んでいる人の特徴もインド人に近い。

幸いなことに中世のインドや東南アジア諸国のように植民地にはなってはいない。


このオース海洋王国を始めとして、人族の国のほとんどにはイスラフェル率いるドッペルゲンガーが統治しているため、俺の入国は簡単だった。

首都の町並みは石造りの建物が多く、狭い路地に多くの店がテントを張っているので、人でごった返している。

本当にインドのように見えてしまう。インドに行ったことなんてないけど。


「へー、香辛料だけかと思ったら、綿製品も豊富なんだ」

このオースから西回りの海上交易で獣人の国であるテンプルトン王国にも香辛料が流れてくる。

テンプルトン王国は、アルグリアがある国なのでアリーの祖国でもある。

船乗りや商人が海を進み遠くテンプルトン王国まで香辛料を運んでくれるので、最近のテンプルトン王国は料理の味のバリエーションが増えた。

転移門を使えば物資を運ぶのは簡単だが、それでは船乗りや商人が困るので、転移門は今まで通り国の使節などが使うようにしている。

オース海洋王国からテンプルトン王国へいく距離としては、陸路の方がはるかに短い。他の国に対しても同じだが、オース海洋王国の大陸の国土はほとんどが砂漠なので海上貿易が発達した歴史がある。


「カラフルな魚が多くて、食欲をそそられないな……」

赤や黒はまだしも青や緑は食欲がそそられない。さらに言うと、黒とオレンジの縞模様は毒々しい。

そういった魚が多いので、つい愚痴が出てしまう。

「兄ちゃん、何言ってるんだ!? このバブカはうめぇーぞ！」

五十センチほどのコバルトブルーの魚を持ち上げて、店のおっちゃんがぐいぐい勧めてくる。

「それはどんな料理が美味いんだ？」

「バブカはガリムが一番だ！」

「ガリム？」

「なんだよ、そんなことも知らないのか？ スパイスを混ぜてスープにしたところにバブカをぶつ切りにして入れるんだ。スパイスがバブカの臭みを消して美味いぞ！」

なるほど、カレーだな。インドでは各家庭にカレーのオリジナルレシピがあるって聞いたことがあるけど、本当かどうかは知らない。

このオース海洋王国でもカレーはインドのようにスープカレーが多いようだ。

露店のあちこちでナンとカレー、米とカレーが売られている。

いいだろう。食わず嫌いは俺の主義に反するから、そのババブカを買ってやろう！


「三匹くれ」

「あいよ！」

勧めたババブカが三匹も売れたせいか、いい笑顔のおっちゃんである。

せっかくなので、ガリムを食ってみよう。

「おっちゃん、一つくれ」

ナンカレーを頼んでみた。おっとガリムだったな。

「おう、ちょっと待ちな」

この国の男連中は女性が着るワンピースのような服の下にズボンを履いている。たしかインド方面の民族衣装でクルタという服だったと思う。

白色が多いようだが、金色や紫色もあって、結構色鮮やかだ。そして、男性のクルタ以上に綺麗なのが、女性の服だ。

布を巻いたようなサリーが多く、とてもカラフルで俺の目を楽しませてくれる。

「おまちー！」

ナンとガリムがのった金属製の皿を受け取る。

フォークやスプーンがないので、手で食えということだろう。他の人たちも手で食っている。

ナンをちぎってガリムにつける。ガリムは緑色をしていて、スープカレーのようにサラサラで具は入っていないように見える。バブカをぶつ切りにして入れるんじゃないのかよ。

口に放り込む。

「っ!?」

これは……美味い！　数種類の香辛料が混ざり合った複雑な味だが、それぞれの香辛料がお互いの存在感を高め合っている。

俺の作るカレーは日本人が作るようなドロドロカレーだが、このガリムは北海道でよく出てくるスープカレーのようで、その中でも最上級の美味さのものだ。

こんな露店でこれだけ美味しいスープカレーが食べられるとは、オース海洋王国恐るべし！

「おっちゃん、美味いよ」

「おう！　自慢のガリムだぜ！」

褒めたら親指を立てて嬉しそうに返事をしてくれる。人々が活き活きとして、人当たりがいいので好感が持てる。

「それにしても獣人も町中にいるんだな……？」

元は人族至上主義の国だから獣人はそれほど多くないと思っていたが、オース海洋王国の王都では奴隷でもない獣人が普通に歩いて活き活き生活をしている。

他の国ではまだ差別が根強く残っている国もあって、獣人を見ると入店拒否されたりするらしいが、ここではそういうことがないようだ。

「ここは人族至上主義があまり残っていないのか？」

「なんだあんちゃん、人族至上主義なんて古いことまだ言っているのか？」

俺の呟きに反応したのは、犬耳の渋面の中年男だ。

「古い？　この国にきたばかりなんでな」

「流れ者ではないな？　冒険者か？」

男は俺を値踏みするかのように見てくる。あまり気分のいいものではない。

「まぁ、そんなもんだ」

「そうか、このオースじゃぁ、元々人族至上主義を口にするのは対外的な仕事の時だけだぜ。他の種族をいちいち迫害してたら貿易なんてできねぇからな。それに今じゃ人族至上主義なんて言ったらバカにされて商売どころじゃないからな」

男の話によれば、オース海洋王国では海上貿易が盛んだったこともあり、元々他人種の国とも取引をしていたそうだ。

考えてみたら、アリーの母国であるテンプルトン王国では生産できない香辛料が手に入ったのだから、オース海洋王国から流れてきていたのは間違いないだろう。

表向きは人族至上主義と言っておいて、裏では非人族至上主義だったわけだ。他の人族至上主義の国とは違った顔を持つ国と言うわけだな。

「色々教えてくれて、ありがとう」

「なぁにいいってことよ。俺の祖国が悪く思われているのは、気分がいいものじゃねぇからな」

獣人の男は満面の笑みを浮かべて立ち去っていった。

このオース海洋王国で人族とそれ以外の種族が上手くつき合っているのが分かる笑顔だ。

しばらく町中を見て回ったが、活気のある町なのは変わらない。

この国は貿易で富を築いている。魔族も貿易をさせることで国を富ませる方向性でいいか。

そうすると貿易の商品は何がいいのだろうか？

砂漠の砂金はダメだ。砂金や金なんてのは有限だから、なくなったら魔族たちは再び貧しくなってしまう。

植物のように収獲してもまた育てることができるか、何かを加工する技術で勝負するほうがいいだろう。

考えをまとめていると、町中が騒がしくなった。大勢の人が港とは逆の方に駆けていく。

なんだろうと思い、人の波に逆らって港の方に歩いていくと、煙が見えて爆発音が聞こえてきた。

「ふーん、魔物の襲撃ってわけではないんだ」

「おい、何してるんだ!? 早く逃げろ! 海賊だ!」

この声は俺へのものではない。逃げ惑う人の誰かが他の人に向けて放った警告だ。

オースは海洋王国というだけあって海軍が強いと聞く。まさかそのオース海洋王国の王都の港を攻める海賊がいるとは思わなかった。なかなか大胆な海賊だ。

俺は倉庫のような建物の屋根の上からこの状況を確認したが、海賊はすでに港に上陸して近くの倉庫や店から略奪していた。

海賊だけあって、略奪ということに慣れているように見える。

海賊の船は沖に一隻、港に二隻あって、その二隻に略奪した荷物をばんばん積み込んで、海賊の前に現れた人は抵抗しなくても無残に切り殺される。

海賊というのはこういうものなんだろうと思うが、無抵抗な人を無残に殺す姿は見ていて気分がいいものではない。

「はぁ、なんで俺がいる時にこういうことをするかな」

「なんだ、やるのか? 海賊なんて雑魚中の雑魚だ。私を使わずに殺せよ」

「お前なぁ……。まったく」

最近の黒霧は強敵に出会わないとやる気を見せない。

以前はもっとテンションが高かったのに、刀でも倦怠期があるのか?

黒霧のやる気がないので、今回は魔法を使うことにした。

「ベーゼ」

「ここに」

俺が呼ぶと何もない空間から顔だけ出してきた。便利なものだが、俺だって闇魔法を使えばそのくらいはできる。

「死んだ人間の魂を集めておけよ」

「お任せを」

顔がすーっとなくなり、何もない空間だけが残った。

「さて、やるか」

俺は【木魔法】を発動させる。

すると、百人ほどの海賊の足元から木が生えてきて、海賊の体に絡みついて拘束する。

港で略奪していた海賊の全てをこれで拘束したはずだ。

「な、なんだこれは⁉」

「動けないぞ⁉」

「誰だ⁉　姿を見せろ！」

海賊はお宝を持っていたり、気絶している若い女性を抱えていたりと色々だが、俺が拘束したのは海賊だけなので、若い女性は気がつけば逃げることが可能だ。

ん、俺が助けないのかって？　ここまでやったんだから、これ以上俺が何かする必要はないだろ？

自分で逃げられるんだから。

拘束した海賊をこのままにする気はない。こういう奴らは生きていてもまた同じことをするから、殺しておくのが一番だ。

ただし、簡単には殺さない。じわじわと死の恐怖を味わいながら死んでいけ。

「ライフドレイン」

この言葉で海賊を拘束している木の枝の先が海賊の皮膚を突き破り体内に入り込む。

「ぎゃぁぁぁっ!?」

「な、なんだこれは!?」

「だ、誰か助けてくれぇぇぇっ!?」

ライフドレインは体内に入った枝から海賊の生命力を吸い取る【木魔法】である。

生命力を一気に吸わず、じわじわと吸うので海賊は自分たちが死んでいく様を苦しみながら実感するのだ。

残酷な殺し方だが、海賊にはこれくらいが丁度いい。

港に停泊している海賊船はせっかくなのでもらっておこうと思う。

俺の【素材保管庫】に放り込むと、生きているものは海の上に放り出されるが、木に絡みつかれているので浮くことはできても泳ぐことはできない。だから顔が水中から出ていればいいが、水中にあればライフドレインで死ぬよりも先に溺れ死ぬことだろう。

沖に留まっていた一隻の海賊船は、港に停泊していた二隻の海賊船が消えてなくなると、すぐにどこかへいってしまった。

海賊たちの体がどんどん干からびていく中、オースの守備隊なのか騎士団なのかわからないが、兵士たちがやってきた。

「動くな！」

俺を取り囲んで剣を向け、マントを纏った三十代の金髪イケメン野郎が俺を制止する。

俺はそんなに怪しい顔をしているのか？　ちょっと自信なくしちゃうよ。

「間違えるな、俺は冒険者だ」

このオース海洋王国にくる前に冒険者登録をした。その時にワイバーンを何体か持ち込んだらA級冒険者になった。

俺は冒険者のギルド証を隊長っぽい奴に投げ渡した……おい、落とすなよ。

「……ごほん。Aランク冒険者!?　失礼した！　ん？　タロー……もしかして、漆黒の暴君か!?」

俺のギルド証を見た隊長っぽい奴が聞き捨てならないことを言ったぞ。

「漆黒の暴君？」

「エンゲルス連合国のAランク冒険者のタロー殿ではないのか？」

たしかに冒険者登録をした国はエンゲルス連合国にしているが、なぜ漆黒の暴君などと言われるのかが分からない。

「確かに俺はタローだが……」

「もしかして、タロー殿は自分の二つ名を聞いたことがないのか？」

「二つ名……って、なんだよ？　しかも漆黒の暴君ってなんだよ？」

「それは私に言われても。貴殿をAランクにした冒険者ギルドのギルド長が二つ名をつけて、世界中の冒険者ギルドへ通告したのだ。我らは冒険者ギルドからその報告を受けたから、貴殿のことを知っていたのだ」

あのクソギルド長の野郎！　今度会ったらぶっ飛ばす！

冒険者ギルドに登録した時にちょっとした諍いがあったが、その時の意趣返しだと思われる。クソッ、こんなことなら縁故をバリバリに使って登録しておけばよかった。

いや、待てよ。もし縁故で登録したらS級になっていたか……？　それにもっと恥ずかしい二つ名をつけられていたかもしれない。

……これでいいのか？

「漆黒の暴君殿。この状況について確認させてくれ」

「……その漆黒の暴君は止めてくれ。タローって呼んでくれ」

「そうか？　漆黒の暴君は恰好よくていいと思うんだがな？」

なんで他の兵士もうんうんって頷くんだよ!?

「とにかく、タローで頼む」

「……分かった。では、タロー殿、この状況について説明を頼めるだろうか？」

「説明と言われても見たままだ。【木魔法】で海賊どもを倒した」

「確かタロー殿は剣士ではなかったか？」

よく知っているな。情報共有といえば聞こえはいいが、個人情報がダダ洩れじゃねぇか！

「剣の方が得意だが【木魔法】も使えるぞ。こんな海賊に黒霧を抜く必要はない」

「さすがA級冒険者殿だ。それで、海賊たちは死んでいるのか？」

「死んだ奴もいるが、まだ死んでいない奴の方が多いな」

「それなら、生かしたまま引き渡してもらえないだろうか？」

「……分かった。木はすぐに引っ込めよう」

「助かる。明日、城まできてくれるだろうか。今回の褒賞が出るはずだ」

「……分かった」

なんだかとんとん拍子に話が進んでいくな。

城にはいくつもりだったからいいけど、こういうのって本当に面倒だ。


海賊を兵士に引き渡した翌日、俺は城の前までやってきた。

転移門は防衛上の観点から、どの国も城のそばではなく町の郊外に設置していることが多い。

それはオースも同じなので、城にはまだ入ったことがない。

どう見てもインドのタージマハールのような宮殿だ。でも、タージマハールって霊廟だったはずだから、宮殿でも城でもない。とは言え、今、視界の先にある立派な建物は城として認識されているので、城でいいだろう。

門番にタローと名乗って昨日の隊長とアポがあると伝えると、門番はすぐに俺を通してくれた。

あいつはどうも騎士団の団長で、けっこう偉いさんらしい。団長と呼んでやろう。

しかし、黒霧を帯剣したままだけど、いいのかな？　普通、こういうのって「剣を預かる」「黒霧は俺の半身だ、渡せない」などのやりとりがあると思っていたのにな。ちょっと拍子抜けだ。

そのまま敷地内にある四階建ての建物の最上階の一番奥へ案内された。

「おお、きてくれたか！」

豪華なデスクと椅子があって、団長が偉そうに座っていた。

「どうも」

俺は勧められていないけど、部屋の中にあった豪華なソファーに腰かけた。すると、団長もソファーの方にきて、俺の前に腰かけた。

「これが昨日の褒賞金だ。五千万ゴールドある。確かめてくれ」

革袋をテーブルの上に置いたので、俺はそれをスーッと自分の方に引き寄せた。

「確かめないのか？」

「その必要はない。もし中身に不足があれば、オースの騎士団長はその程度の男だったと思うだけだ」

「なるほど、こういうことで信用や信頼が築かれるのだな」

ただ単に数えるのが面倒なだけで、俺があんたを信用するとかの話ではない。断じてない。

「ところで、一つ頼みがあるんだが」

ほらきた。こういうのがあるから嫌なんだ。

「……」

「実は、昨日の海賊の頭目がまだ捕まっていない。我々は捜索隊を組織して近海を探していたのだ。それで海賊の根城を見つけた。これから出陣するのだが、一緒にきてくれないか？」

面倒な話だ。が、艦隊戦ってなんだか面白そうじゃないか。

やっぱ艦隊戦って男のロマンがある気がするんだよ。

「報酬は前金で三千万ゴールド。見事に頭目を捕まえるか、死亡が確認できたら残金として七千万ゴールドを払おう。その他に盗賊の根城にため込まれた財宝の三割でどうだ！」

「……いいだろう」

金はたくさんあるから、ぶっちゃけいくらでもいいが、海をいく男か……ロマンだ。


そんなわけで、俺は船に乗り込んで大海原に出た。

「……おっそ!?　何この遅さ！」

軍艦に乗れると思って浮ついていたけど、実際に乗ってみたらこんなものかと思えて仕方がない。

所詮は帆船だし、軍艦と言っても木だし、めっちゃ揺れるし、もう最悪。

「何を言うか!?　この船は我が国が誇る最新鋭艦だぞ！　見ろ！　このスマートな帆を！　これだけスマートなのに、世界最高レベルの速度を出すのだぞ！　それに――」

団長の話は延々と続いた。俺は団長《こいつ》の前で船の悪口を言ったらいけないことを知った。

海に出て三時間ほど、視界の先に島々が見えてきた。

「あれが海賊が潜伏している島々だ。今は周囲を警戒させているが……監視の船が見当たらないな……？」

「なぁ、あれはその監視の船じゃないのか？」

俺は波間に漂う木の板を指さした。

「まさか!?　くそ、遅かったか！」

すでに海賊は逃げた後だな。いや、これは……。

「団長、海の中に人の気配がある。数は百人くらいだ」

「何!?　……まさか!?　タロー殿、その気配はどこに？」

「この先二キロメートルほどの海底だ。ゆっくりとこっちに近づいてきているぞ」

俺は船首の先を指さした。

「助かった！」

そう言うと団長は踵を返した。

「船長！　潜航準備！　前方距離二千の海底に気配あり！」

「了解！　総員、潜航準備！　総員、潜航準備だ、急げ！」

俺からしたら、船長と呼ばれた男の方が海賊に見える。その容姿は完全にジャ●ク・スパ●ウだ。

てか、潜航ってなんだ？　まさか、海に潜るのか？　どうやって？　これ、帆船だよ？　まさか、服を脱いで飛び込むのか？

俺がそんなことを考えていると、船体を何かがドーム状に包みこんだ。

「なんだ、これ？」

「それは、我が国の技術の粋を集めたマジックアイテムだ！」

団長が自慢げに解説してくれた。説明が長いので端折るが、かいつまんで言うと、【風魔法】と【水魔法】を駆使したマジックアイテムがあって、それがドーム状に船全体を包み込んでいるらしい。

「総員、潜航時の衝撃に備えろ！」

船長が大声で指示を出している。

「タロー殿、ここに掴まってくだされ。船体から放り出されてこのドームから出たら海ですからな」

なるほど、このドームは人を弾いたりしないんだな。

「潜航！」

船長が潜航の命令を出すと、船首がゆっくりと下に傾いていき、どんどん海の中に入っていく。

「ほえーーー。すげーなこれ！」

こんな経験ができたんだから、ついてきてよかった。誰だよ遅いとか、木の船だとかバカにしたことを言っていた奴は？

ドーム状の膜が海とこの船との境界線で、大海原に沈んでいくその光景がなかなか見ごたえがある。

「団長」

「なんだ？」

「ありがとう。いいものが見れたぜ」

「そうだろ⁉　これが――」

団長の話は長い。聞き流すに限る。

「ところで、この状態で戦闘なんてできるのか？」

船はドーム状の膜で覆われていて海の中に潜ることはできたが、戦闘ができるようには思えないんだが？　何よりドーム状の膜がとても脆弱に見える。

「心配はいらぬぞ。あれを見ろ！」

団長が指さした先では、水兵たちが何かを設置していた。

「あれは……バリスタか？」

「左様！　水中戦専用武装のバリスタだ！」

「ほう、水中戦専用か」

この船に乗ってよかったよ！　面白くなってきたぞ！

「目標、視認！　目標、視認！」

水深はおそらく四十メートルほど。暗くもなく、明るくもないこの海の中で水兵の一人が敵を発見したようだ。

俺はゆっくりと海中の散歩を楽しんでいるのだから、静かにしてほしいものだ。

団長以下、大勢の水兵が忙しく動き回っている。まあ、がんばれ。

「タロー殿！　何をのんびり菓子なんか食っているんだ⁉　てか、どこからそんなものを出した⁉」

うるさいな。俺は今、優雅に海中の旅を楽しんでいるんだ。静かにしろよ。

港で俺が見た沖に泊まっていた海賊船が近づいてくる。

海賊船もドーム状の膜があるし、よく見るとこの軍艦に似ている。どうやら設計思想が同じ船のようだ。

「やはり……」

横にいる団長が呟いたその言葉は、あの海賊船の形を見てのものだろう。

「海賊船がこの船の設計図でも手に入れたのか？」

「……いや、違う」

団長はにがにがしい表情をする。残念イケメンだが、こういう時は真面目だ。

「この話は内密に頼むぞ。……この船の設計に携わった技術者が数人行方不明になっているのだ」

「へ～、つまり、その技術者があの海賊船を造ったってわけか」

「おそらく……」

「てか、数人の技術者だけで、あの船が造れるのか？」

船を造るのに数人の技術者だけで済むのか？

「いや、大規模な造船所や多くの船大工が必要だ」

「それなのに、なんで海賊が手に入れられるんだよ？」

「アルファイド王国が絡んでいる可能性が高い。あくまでも予想だが……」

「たしか、オースの東にある国だよな？」

「そうだ。あの国は昔から我が国を目の敵にしているのだ。今回の技術者も誘拐したに違いない」

同じ人族の国でも色々と確執があるようだ。まあ、俺が気にする必要はないか。興味ないし。


さて、海賊船がかなり迫ってきているので、水兵たちはかなり慌ただしく動いている。

「バリスタ設置完了！」

大きな弩が甲板に設置された。

「全速前進！　突っ込むぞ！　総員何かに掴まっていろ！」

船長が大声で指示を出した。

突っこむってことは、海賊と根性比べをするんだろ？　いいね〜、こういうの好きだ。わくわくする。

海賊も引く気はないようで、どんどん海賊船が近づいてくる。

「タロー殿、投げ出されるなよ」

「団長こそな」

団長も楽しそうだし、船長や水兵の顔も笑顔だ。こいつら……海の男だねぇ～。


海賊船との距離は……二十メートル……十・九・八・七・六・五、ここで海賊船が船首を振って方向を変えた。

それを見た船長が思いっきり舵を回した。根性比べは船長の勝ちだ。

船の方は正面衝突は避けたが、お互いに船の側面が擦れあい、大きな音を立てて揺れた。

「バリスタ、撃て！」

揺れる中で、船長が命令を出した。

水兵もその命令でバリスタを撃ち、海賊船の側面にバリスタがめり込んだ。

あの衝撃や揺れのなかでよくやるものだと感心する。しかも、海との境界になっているドームはまったく変化なくそこにある。

どうやらマジックアイテムから一定の範囲を完全に隔離するもののようだ。オース海洋王国の技術力の高さが窺えるぜ。

バリスタには鎖が繋がれているので、巻き上げ機が激しく回転する。

「野郎ども！　バリスタを巻き上げろ！」

完全にすれ違ったところで、船長が命令して水兵が回転する巻き上げ機を止める。

すると、船に大きな揺れが起き、鎖がピーンと張る。

「おら！　気合入れて巻け！」

水兵が六人がかりで巻き上げ機を巻いていくと、鎖で繋がっている海賊船が引き寄せられる。

水夫がどこかで聞いたような歌を歌いながら楽しそうだ。てか、ここは手作業なのかよ？

海賊船のほうは、必死でバリスタを外そうと船体を振っているが、しっかりと船体にめり込んでいて外れる気配はない。


そうこうしているうちに海賊船がすぐそばまで引き寄せられてきた。

「白兵戦よーい！」

船長が大声で叫ぶと、巻き上げ機を巻いている水兵以外の水兵たちが、カットラスのような比較的短い反った剣を抜いた。

「面白くなってきたぜ！」

団長も剣を抜いて、うずうずしている。脳筋め。

そういう俺も人のことは言えないけどな。

（相棒、いくぞ）

（仕方がないな……）

海賊相手では歯ごたえがないので、黒霧は嫌がると思っていたけど、声のトーンは少し楽し気だった。

黒霧も面白い光景を見ることができて、楽しいのだろう。

船体が再びくっつくほどの距離にきた。

ドームとドームがくっつきあい、一つになった。


「野郎ども、ぶち殺せ！」

「いくぞ、おらっ！」

「殺せぇぇぇっ！」

船長を始め、水兵が海賊船に乗り移っていく。

「タロー殿、お先にですぞ！」

団長も海賊船に飛び移った。

「なら、俺もいくかな」

黒霧を抜き、トンと船の縁を蹴って海賊船に飛び移る。

目の前に現れた汚らしい海賊を切り捨てると、黒霧から嫌そうな感情が流れ込んできた。

「結局、嫌がるんじゃねぇかよっ！」

俺は海賊船の甲板を歩きながら、せっかくだから海賊船の中を見て回ろうと思った。

船の中に続くだろう扉を蹴破ると、吹き飛んだ扉が向こう側にいた海賊に当たった。

そんなことは気にせず、扉がなくなった入り口を通って中に入ると階段があったので、下りてみる。

「死ねぇっ！」

海賊が出てきたのでヤクザキックで吹き飛ばす。海賊は壁にぶち当たって血をまき散らした。

「いやだねぇ～、汚いったらありゃしねぇ」

その横にいた海賊がガクガクと震えている。俺の顔を見て震えるなんて、失礼なやつだな。

「おい、武器を捨ててそこに跪け。動いたら殺す」

「ひゃいっ⁉」

素直でいいじゃねぇか。でも、海賊になった時点でアウトだ。

怯えて震えている海賊は【闇魔法】で眠らせておく。


奥へ進むと、多くの女性が一つの部屋に閉じ込められていた。

どうやらどこかへ売り飛ばされるために攫われた女性たちのようだ。

「俺はオース軍の関係者だ。ここに海賊はいるか？」

フルフルと首を横に振る女性たち。怯えているようだが、俺はそんなに怖くないぞ？

ん？　気の強そうな少女がジッと奥を見つめている。まるで、俺に気づけと言わんばかりだ。

なるほど、そういうことか。

「分かった、お前たちはここから出るなよ」

俺はその部屋から出て、しばらく待つ。

すると、部屋の扉が開いて男が出てきたので、後ろから黒霧を男の首筋に当てる。

「よう、お前はどう見ても女じゃないよな？」

海賊にも見えない。どちらかというと、貴族のような服だ。

「た、助けてくれ⁉　私は攫われたんだ、頼む、助けてくれ！」

俺は黒霧を引き、男の前に出た。

オース人には見えないな。どちらかというと、日本人のような肌の色だ。

「そうか、なら、オース軍で保護してもらう。部屋に戻れ。今度、部屋から出たら切り殺されても知らないぞ」

「あ、ありがとう！」

俺は背中を向けて立ち去ろうとした。

「っ⁉」

「ぎゃっ！」

男に回し蹴りを入れた。懐から短剣を出して、俺を刺そうとしたからだ。

男は蹲って失神した。死んではいない。どう見ても海賊ではないので、面白い情報が聞けるかもしれないと思って【手加減】をちゃんと発動している。

まあ、肋骨とか数本折れていても俺のせいじゃない。こいつが悪いんだ。

次の部屋にいく前に団長がやってきたが、蹲っている男を見て驚いている。

「この男は……」

「どうした？」

「うむ、名前は知らぬが、この男には見覚えがある。たしか、アルファイド王国の外交官だったはずだ」

「ふ～ん、団長が言っていた国だな。そいつは引き渡すから、好きに使えよ」

「うむ、助かる！」

団長に男を引き渡して、もっと奥へいく。

「ここだな」

部屋の中に気配があるので扉を蹴破ろうとしたら、扉が爆発した。

もちろん、俺は避けている。当たってもダメージはないが、こういうのは気分だ。

「ちっ、外したか。運のいい奴だ」

運じゃないぞ、実力だ。

「お前が海賊のボスか？」

フ●ク船長のように、右手にフックをつけたザ・海賊といった感じの男に聞いてみた。

「俺様のことは船長って呼べ！」

「ふむ、ボスでいいようだな」

「船長だ！」

フックを振り下ろしてきたので体を半分ずらして避けようと思ったら、フックが伸びてきた。

「おっと、面白い玩具だな？」

そんなものに当たるわけもなく避けきったら、ボスが歯ぎしりして悔しがった。

「タロー殿!?」

団長もやってきた。

「貴様、海賊バルバロッタか!?」

中世の地中海あたりにいそうな海賊の名前だな。

「がーははは！　泣く子も黙るバルバロッタとは俺のことだ！」

「俺は泣いてないから関係ないな」

「ふざけやがって！」

バルバロッタが銃を取り出して俺に向けて引き金を引いた。

バン。スパッ。銃から飛び出してきた鉛玉を斬り落とした。

鉛玉なんて、俺には止まったように見えるぜ。

「「え？・」」

バルバロッタと団長が驚いている。

いいぞ、そういう顔をする奴を見るのは楽しい。

「そんな玩具で俺に傷をつけられると思うなよ。雑魚が」

「この俺様を雑魚だと!?」

今度は剣を振り回してきたので、剣ごとバルバロッタの髭を切ってやった。

「俺様の髭が!?」

そんなに悲しむなよ、ほれ、きれいさっぱり剃ってやるからよ。

「「………」」

髭だけではなく、髪の毛も剃ってやった。これで少しは清潔に見えるだろう。

「ぷぷぷ、なかなか似合っているぞ」

「タロー殿……これはなかなか……ぷぷぷ……」

「ふ、ふ、ふざけるなっ！」

バルバロッタはその場に蹲って泣き出してしまった。面倒な奴だな。首に手刀を当てて気絶させる。

「団長、後は頼んでいいか？」

「ああ、助かった。報酬はしっかりと出すから、楽しみにしていてくれ！」

「期待せずに待っているぜ」

こうして、海賊騒動は終息に向かっていくのであった。めでたし、めでたし。

海賊騒動を終息させたことで、俺はオース海洋王国の国王に会うことになった。

もちろん、国王はドッペルゲンガーのドッペル君だ。

今回はアルファイド王国の悪事の証拠を得たことで、アルファイド王国を糾弾できるから団長が約束していた報酬の他にも褒美をくれることになった。

だから、魔族の国と国交を結んで交易をしてくれと言ったら、すぐにOKが出た。まあ、できレースだ。

もちろん、大臣の中から異論が出たが、大臣の半分以上もドッペル君なので問題ない。

ちなみに、アルファイド王国にドッペル君は入っていない。

いや、入っていたが、小国なので撤収させている。

クソジジィを異世界に追放したから、ドッペル君が国を支配する必要もないので、段階的に撤収させていて、その第一弾がアルファイド王国だった。

何はともあれ、オース海洋王国と魔族の国が交易で交わりを持てば、他の国も魔族と交易するかもしれない。しなくてもオース海洋王国を通じて人族や他の種族の国の情報も入るし、人も動くだろう。

俺は魔族の国の首都を建設している場所に帰った。

▼▼▼

「おお、まお……ツクル。帰ってきたか」

「お前、今、魔王って言おうとしただろ？」

「そ、そんなことはないぞ！」

出迎えてくれたクリュサールの目が泳ぐ。まあいい。

「しかし、首都の建設はかなり進んだな」

「これもツクルが皆にスキルを与えてくれたおかげだ！　感謝しているぞ！」

仮で造った宮殿内を歩くクリュサールの顔も明るい。

復興は始まったばかりだが、その復興が進んでいるのが目に見えるため嬉しいのだろう。

「オース海洋王国と交易できるように話をつけてきた。人間に威圧感を与えない種族を使節としてオース海洋王国に送れ」

「交易と言っても、何をどうすればいいのだ？」

これまで他の種族と交易をしたこともなければ、同じ魔族内でも物々交換しかしてこなかった魔族にとって交易は未知のものなのは分かる。

「それに関してはアリーに聞くといい」

アリーには面倒をかけるが、そういうのを一番知っているのはアリーなのだ。

「アリーには交易だけじゃなく、外交や国のありようも学ばなければならないことが沢山ある。クリュサールも気合を入れて学ぶんだぞ」

「おう、任せておけ！」

軽い返事だが、アリーに聞くとクリュサールはかなり優秀らしい。

今まで学ぶ場がなかったから無知だったが、学べば学ぶほどクリュサールはその知識を身につけているというのだ。

クリュサールと側近たちが、アリーから教育を受けている部屋に入ると、アリーの他にカナンたち全員が俺を待っていてくれた。

今は、彼女たちしかいないようだ。

「ご主人様、お帰りなさいです～」

「おう、カナン。今、帰ったぞ」

ちょっと一人旅をしてきただけなのだが、ほんわかとしたカナンの笑顔がとても懐かしく感じる。

「ツクル君が無事に帰ってきてくれて嬉しい」

「俺はそう簡単に死なないぞ、一ノ瀬」

相変わらず一ノ瀬は心配性だな。だが、俺のことを心配してくれるのは、とてもありがたくて嬉しいことだ。

「ツクル、楽しんできたようですね」

「おう、珍しいものを見られたぞ。アンティア」

アンティアは最後まで一緒にいきたいと言っていたから、珍しいものを見られずに悔しそうだ。

「ツクルさん。無事のご帰還、祝着です」

「これもアリーたちがしっかりと留守を守ってくれていたからだ。感謝しているぞ」

今回の魔族の復興で一番面倒をかけているのがこのアリーだ。足を向けて眠れないな。

「ご主人様の無事な姿を見ることができて、このハンナは感無量です」

「泣くなよ、ハンナ」

ちょっと一人旅をしただけなんだから……。

「お兄ちゃん、お帰り」

「おう、帰ったぞ、サーニャ」

サーニャは手を出して何かを要求してくる。なんだ……？　あ、お土産か！

俺は皆にお土産を渡して、一人一人抱き寄せて久しぶりの感触をじっくりと味わった。


「交易で買うものは食料をメインに各国の技術だ。こちらが売るものを何にするかだな……」

魔族の特徴は他の種族よりも強靭な肉体と魔力を有していることだ。

レベルが同じという条件下なら魔族は他の種族よりも圧倒的に戦闘能力が高い。

身体能力が最も高いのは巨人族だが、巨人族は魔力が少なく魔法が苦手だし、魔法が得意なエルフは身体能力が劣る。

総合力で魔族は群を抜いている存在なのだ。だが、他の種族に比べて群れもしくは軍としての行動が苦手な傾向がある。多分、魔族の野性的な性格が関係していると思う。

個々の戦闘力は高いのに戦うと他の種族に負けることが多いのは、他の種族が組織だった群れや軍で対抗するからだ。あの脳筋巨人族でさえ、戦闘では組織だった戦い方をするのだから。

話が逸れたが、魔族として最も得意なのは戦闘力を生かした魔物狩りだ。

クリュサールの下で組織だった軍事行動ができるようになれば、効率的に魔物を狩ることができるだろう。

「そんなわけで、まずは魔物の素材を輸出する」

幸いなことに魔族が住むこの大陸は魔物がかなり多い。砂漠地帯にさえ魔物は生息しているのだから、魔物という資源に事欠かないのだ。

「オールド種たちが陣頭指揮できるようになり、各種族の特性を生かした戦闘ができるようになれば、魔族は最強の種族だ」

「おお、最強と言われると気分がいいな。まお……ツクルよ」

「だが、これは簡単じゃないぞ。お前たち魔族が組織内の役割を理解して動いて働かなければ意味がないのだ」

「むむむ、団体行動はあまり得意ではないのだが……」

「とりあえず、各種族から精鋭と思われる奴らを集めて、軍事訓練をする。最初は少しでいい」

「分かった。各種族から精鋭を集める」

そんなわけで団体行動、軍事行動ができるようにするためにアリーをエイバス伯爵のところに送って、ゴリアテとかロッテンを貸し出してもらおうと思う。

別にこの二人でなくても、軍を率いた経験があって部下を教育できる奴なら誰でもいい。ただし、魔族にも負けない戦闘能力がないと、魔族にバカにされるだけだから一定以上の戦闘力は必要だ。

「アリー、そんなわけで、誰か軍の訓練ができる奴を伯爵に貸し出してもらえないか」

「そうですね、父に申し入れてみましょう」

「頼む」

あとは、魔物の素材以外の加工品で名産を作ることだが……。

「ツクル君。これどうかな？」

考えにふけっていると、一ノ瀬が服を着て目の前に立っていた。

いや、服を着るのは当たり前なんだが、控え目なデザインはそのままなのに、いつも以上に可愛く見えて、存在感が半端ない服を着ているのだ。

「ツクル君？」

「あ、その服はどうしたんだ？　とても可愛いぞ」

「か、可愛いかな？　えへへへ」

一ノ瀬が頬を染めてくにゃくにゃする。

「その服はいつものと同じようなデザインだが、なんだか存在感が違うな？」

「これはね、アラクネのアラムンさんたちが自分たちの糸で織った布から作った服なの。とっても肌触りがよくて丈夫なんだよ」

アラムンというのは、俺が【裁縫】スキルを与えたアラクネの一人だったはずだ。

「そうか、これがあったか……」

「え？」

「一ノ瀬、アラクネたちが織った布は売れると思うか？」

一ノ瀬が少し考え込んだが、数秒後には花の咲いたような笑顔になる。

「もちろんだよ！　この布は絹よりも手触りがいいんだよ。しかも丈夫だから剣で切られてもある程度までは耐えるわ」

「よし、交易の輸出品の一つはアラクネが織った布だ。一ノ瀬、月産どのくらいの布が織れるか確認しておいてくれ」

「それなら分かっているわ。今は月に二百本くらい生産できるよ。でも、服にするなら百着くらいかな」

「服の生産量が少ないな」

【裁縫】スキルを持っているのが、十人だけだから」

「ああ、なるほど……」

だが、これ以上スキルを与える気はない。なんでもかんでも俺が与えては、魔族がダメになる。

「でも、布を輸出するのは、あまりお勧めできないかな」

「なぜだ？」

「さっきも言ったけど、剣で切られてもそこそこ耐えるから、服に加工するのが他の人種だと大変なの」

「……それはアラクネなら問題ないのか？」

「うん。自分たちの糸だから、どういう風にすれば簡単に切れるとかしっかりと把握しているよ」

「なるほど……ん……そうか」

俺はいいことを思いついた。切りにくい布なら、その布用にハサミを用意すればいい。幸い、コボルトたちに【鍛冶】スキルを与えておいたので、コボルトたちに作らせよう。

「クリュサール。コボルトの鍛冶師たちにアラクネの布を切れるハサミを作らせろ。それができたら、アラクネの布を大々的に売り出すぞ！」

「お、おう。分かった！」

クリュサールは急いで部屋を出ていった。

これで町を築いた後に起こるであろう問題に一定の目途がついた。他にも何か特産がほしいというのなら、魔族が自分たちでなんとかするべきだ。

「よし、最後は……」

俺は最後の仕上げとして、料理屋を出すことにした。

魔族だって毎日働きづめでは心身ともに疲れるだろう。特に、今までの生活とはがらりと違った環境下で働いているので、ストレスも溜まるはずだ。

そこで俺の料理を食べさせて、心身の疲れを癒してもらうのだ。

クリュサールが鎮座する宮殿の前に、座席百席の店を出した。

この店は俺の【等価交換】で造ったので建物は一瞬で建ち、内装や料理器具も全て【等価交換】だ。

そろそろ魔族を独り立ちさせなければいけないと思っていた時期なので、カナンやハンナたちを魔族の教育係から外して、俺の家族全員で店を切り盛りする。

「ここが魔王様の店か。魔王様の料理が食べられるなんて夢のようだ」

「魔王様の料理を食べたら桃源郷へいけるらしいぞ！」

「なんといっても魔王様の料理は美味いんだ！」

外で開店待ちしている奴らの声が聞こえてくる。もう少し静かにしろと思う。


開店と同時に百席全部が埋まる。

魔族は人族に比べると体が大きい奴が多いので席の間隔はかなり広めにとってあるが、それでもぎゅうぎゅう詰めだ。

それに、魔族は力の加減ができない奴が多いので、食器は全部アダマンタイト製だ。下手に木や鉄の食器を使うとすぐに壊されてしまう。


「カナン様、私はAランチを」

「俺はBランチで」

昼のメニューは日替わりランチしかおいていない。Aランチが魚系、Bランチが肉系、そしてCランチがベジタリアン用の野菜系になっている。

Cランチを食べるのは全体の一割もいないが、AランチとBランチは甲乙つけがたいくらいに出る数が拮抗している。

今日のAランチはマグロの刺身定食で、マグロの三色刺身（赤身、中トロ、大トロ）、茶わん蒸し、ごはん、香の物になっているが、魔族は食べる量が多いので盛りつけの量も人族で言うと四人前くらいになっている。

Bランチはサンドワームのステーキ、コンソメスープ、フランスパン、マッシュポテトになっている。サンドワームの皮はゴムのようだが、その肉はとても美味しいのだ。サンドワーム肉のステーキは一キログラムが基準の魔族仕様である。

Cランチは森の中で収獲できた木の実やオース海洋王国で仕入れてきた野菜を使っている。


「お待たせしました～。Aランチです～」

「こちらはBランチです～」

「うひょー。今日のランチも美味そうだ！　いただきます！」

「本当だぜ！　いただきます！」

俺の店で食事をするルールは三つ。金を払うこと、騒がないこと、そして食事の前後に感謝の言葉を言うことだ。

「うひょー、うめぇー！」

「このサンドワームのステーキもジューシーで美味いぜ！」

美味いと言ってくれると料理した甲斐があるぜ。もっと食いねぇ。

野菜はまだ収穫できていないが、魔族たちが獲ってきた魔物や魚、それに魔族が育てた野菜を俺が買い取って提供している。

いずれ野菜や穀物も魔族が育てたものが収穫できるだろう。そうなれば、農作物も金で取り引きされることになる。

貨幣文化が必ずしもいいとは言わないが、国を発展させるには物々交換では限界がすぐにきてしまう。

今日のAランチはマグロということもあって、飛ぶように売れるな。

よし、ここはマグロの解体ショーでもするか！

「お前たちは運がいい！　これからマグロの解体ショーを行うぜ！」

俺は店のほぼ中央にドーンと二百キログラムのマグロを出して魔族《客》に呼びかけた。

「お、何だ何だ？」

「あれ、魔王様じゃないか？」

「あ、本当だ、魔王様だぞ！」

魔族が俺に注目する中、刀のようなマグロ切包丁を出した。

「これはマグロを解体する専用の包丁だ。立派な包丁だろ？」

俺がそう問うと、魔族《客》たちがウンウンと頷いた。

尻尾はすでに切ってあって、脂の乗りを確認している。このマグロは最高級の脂の乗りだ。

「まずは頭を落とす！」

頭の部分は間接に包丁を入れれば、出刃包丁でも十分だ。てか、出刃包丁のほうが頭は切り落としやすい。だが、俺にそのようなことは関係ない！　マグロ切包丁をサッと一閃すると、頭が落ちる。

「おおおおっ！」

魔族《客》たちから歓声があがる。こういうのは聞いていて気持ちがいい。

次は背びれの下からそぐように、マグロ切包丁を入れていく。そうすると背びれが取れるのだ。

それで背中からマグロ切包丁を入れていくが、この時に身と骨のギリギリのところを切っていく。

当然だが、骨の両側の身を切り離していくので背中から二本の筋ができる。

魔族《客》たちが固唾を呑んで見守っている。

背から身を切ったら、カマ（えらの後ろにある硬い部分）を切るが、ここはカマトロと言われる美味しい部分でもある。そのカマを両側二カ所が繋がった状態で切り落とした。

さて次は腹からマグロ切包丁を入れる。これも身と骨のギリギリのところを切っていく。もちろん、骨の両側を切る。

さて、仕上げだ！　マグロの胴体は四つ割りと言って、四等分に切る。

左側の腹側の四分の一を切り落とし、その身を魔族《客》たちによく見えるように掲げると、歓声があがる。ここの腹の部分に腹しも（トロ）や腹なか（主に中トロ）、そして腹かみ（大トロ）があるので一番値がつく部位だ。

背中側も切り落として、反対側の右側も同じように切っていく。

だが、これで終わりではない！　骨には中落ちという身の部分があるので、これをスプーンでかいて取っていく。

どうだっ！

魔族《客》たちから割れんばかりの喝采をもらいながら、俺はマグロの解体ショーを終えた。

解体したマグロはもちろんしっかりと料理した。

頭は丸ごと焼き、カマトロは煮つけにして賄い料理として俺たち（主にカナン）が食べた。

「ご主人様、この目玉のところがとろんとろんで美味しいです～♪」

カナンは目玉が気に入ったようだ。

「このほほ肉も噛むたびに旨味がでてきて美味しいですね」

アリーは頬肉が気に入ったか。

「私はこのカマトロの煮つけの優しい味つけが好きかな」

「私もスズノと同じで、この素朴な味つけのカマトロの煮つけが好きです」

一ノ瀬とアンティはカマトロの煮つけに舌鼓を打つ。

「この脳天の肉も美味しいよ、お兄ちゃん」

「ご主人様の料理は全て美味しいですが、サーニャのいうように脳天の肉は脂が美味しいです」

つのトロと言われる脳天の肉は貴重な部位だが、美味しいのは間違いない。などと考えているが、マグロは全身どこを食べても美味しいのだ。これは真理である！

赤味、中トロ、大トロは刺身にした。二百キロのマグロなので人族なら千人分くらいの刺身が取れるのだが、ランチだけで全部なくなってしまった。魔族は本当に大食漢だ。

「お前たち、俺の料理を食って昼からもしっかりと働けよ！」

「はい、魔王様！」

魔族は俺を魔王と呼ぶ。クリュサールには魔王と呼ぶなと言っているが、魔族全員に言うのは面倒だからもう放置している。勝手にしろってんだ。

002 ダークエルフの苦悩

困ったことに召喚施設はどこにあるのか、さっぱり見つからない。しかも、闇雲に探して見つかるようなものでもないが、探さないとさらに見つからない。

あのベーゼでさえ探しあぐねているのだから、誰にも探し出せるものではないだろう。それほど難易度が高いというわけだ。

「ツクルよ、シャーマナイルの奴はまだ見つからないのか？」

人化して四十代の金髪碧眼になっている黒霧が、俺に剣を向けて尋ねてくる。

「ベーゼだって万能じゃないんだ。果報は寝て待てと言うからな、いつか見つかると思って待つしかない」

「今度こそシャーマナイルに一泡吹かせてやろうと思っているのに、見つからなければどうにもならない」

「死霊族が出てくるようなことがあればいいんだがな」

剣と剣が交差する。

「それはつまり、人が大量に死ぬということだ。分かっているのか、ツクル」

「分かっているぞ。だが、俺の知らない誰かが死のうが、俺に関係はないだろ」

俺と黒霧が交差し土埃が巻き上がる。

「人が死ぬということは、そんなに簡単なことではないぞ！」

「だが、人は簡単に死ぬものだ！」

カキンッと甲高い金属音を鳴らして土埃が巻き上がる。

俺はクソジジィにボルフ大森林に捨てられて凶悪な魔物に襲われたが、しぶとく生き残った。だが、本来、人の命の炎は簡単に消えてしまうものだ。

「動きが悪いぞ、ツクル」

「お前こそ邪念を感じるぞ、黒霧」

俺のように復讐を誓って生き残る奴も中にはいるだろうが、そんな奴は稀だ。


「ツクルさん。そろそろ食事のお時間ですよ」

黒霧のフェイントの殺気を見極めていたらアリーが食事の時間だと教えてくれた。

「もうそんな時間か。黒霧、今日はここまでだ」

今日の食事はハンナと一ノ瀬が作ってくれている。俺が作る時は別だが、基本的に妻の中で料理を作るのはこの二人だ。もっともサーニャも料理を作るが、サーニャは俺の妻ではない。

あとの妻たちというとカナンは食べるほうが専門だし、アリーは貴族だったことから料理を作ったことがない。アンティアに至っては料理という文化が発達していないエルフのエンシェント種なのでまったくできない。

全員に料理を教えてやったが、ものになったのはハンナ、サーニャ、一ノ瀬の三人だった。カナン、アリー、アンティアの三人は料理のセンスがない。まったくないので、さすがの俺もお手上げだ。


その翌日のことだった。なんと、死霊族の手がかりをベーゼが掴んできたのだ。

「東の果てにある島か……」

魔族の大陸から数千キロメートルも離れている島なので、まったくノーマークだった。そもそもそんなところに島があるとは思ってもいなかったから、マークのしようがない。

「ツクル！　その島へいくぞ！」

「落ち着けよ、黒霧」

「これが落ち着いていられるか！　やっと見つけた手がかりだぞ！」

「そんな状態では、シャーマナイルに会ったら前回のように無様を晒すことになるぞ」

「くっ!?　……痛いところをついてくるな」

「平常心だ。怒りを理性で抑え、平常心でシャーマナイルに対さなければ、勝てるものも勝てない」

「……そうだな。うむ、ツクルに諭されるとは思ってもいなかったが、もっともな話だ」

黒霧《こいつ》、俺に喧嘩を売っているのか？

まあいい。それよりも今は死霊族の島だ。そこに召喚施設があると思われる以上、早めに潰さなければならない。死霊族が召喚施設を使って地球から人を拉致したら、ヒルメさんがまた苦労をするからな。

ヒルメさんには報酬の前渡しをしてもらった恩がある。まだ歩の記憶が戻ったわけではないが、それほど遠い話ではないはずだ。

とは言え、ゆっくり構えている必要もないし、ベーゼたちの労に感謝しながら出かけるとするか。

「カナン、ハンナ、一ノ瀬、アリー、アンティア、サーニャ、出かけるぞ」

「「「「「はい（なのです）」」」」」

このアルグリアは魔族の大陸の西にある大陸の西側にあるので、魔族の大陸までカナンの【時空魔法】で移動してから、空飛ぶ魔法の絨毯に乗り込んで東に向けて飛んでいく。

マッハ10以上の速度の空飛ぶ魔法の絨毯なら、一時間もかからずに目的の島の上空に到着した。

島はそれほど大きくはないとベーゼは言っていたが、それでも四国くらいの大きさはあるみたいだ。

「この島のほぼ中央に神殿のような建物があります。そこにシャーマナイルを確認しております」

「さすがベーゼだ。よく調べてくれた。感謝する」

「もったいなきお言葉、感涙に絶えません」

骸骨なので実際には涙を流せないが、本当に泣いているように見える。ハンカチまで持ち出してきたよ……。

「その神殿の近くにエルフに似た者たちの町があります」

「エルフに似た？」

「は、容姿はエルフですが、肌が浅黒い者たちにございます」

エルフは透き通るような白い肌が特徴だが、それが浅黒いというのはエルフとは違う種族なのか？

「それはおそらくダークエルフでしょう。ダークエルフの容姿は我々エルフと肌の色が違うだけで、その他の特徴は同じです」

珍しくアンティアが顔を歪めている。

「どうした？　ダークエルフが嫌いなのか？」

「嫌いという言葉だけでは表しきれない複雑な理由があるのです」

「へー、アンティアがそうまで言うダークエルフか。なんだか会うのが楽しみだな」

「あの者たちは好戦的ですから、油断しないように……」

「何を言っているんだ、アンティアだって最初は好戦的だったじゃないか」

「うっ……それは言わないでください」

「ははは。いつもクールなアンティアがそういう顔をするのは新鮮だな。たまにはそういう顔を見るのもいいな」

「もう、ツクルは……」

アンティアがプイッとそっぽを向く。


アンティアの可愛らしいところも見られたので、先に進む。

島の中央に近づくにつれて、ダークエルフのものと思われる気配が増えてくる。

エルフは森の中で自然と一緒に生きているイメージだが、ダークエルフは人族や獣人のように田畑を耕しているのが新鮮な感じを覚えた。


そして、石と木のハイブリッドな建物が見えてくる。

「へー、独特な家の造りなんだな」

「変人の集まりです」

アンティアがそっぽを向きながらぽつりと呟いた。その横顔が可愛くて思わず抱き寄せてしまう。

「いつもクールなアンティアと違う一面が見れて、俺は嬉しいぞ。ははは」

「もう、知りません」

アンティアをギュッと抱きしめていたら、他の妻たちも寄ってきたので皆をギュッと抱きしめた。

こういうのは、平等にするのが家内円満の秘訣だ。


ダークエルフの町の手前で空飛ぶ魔法の絨毯から降りて歩いていくと、町の中が騒がしくなった。

わらわらと町の中から五十人くらいのダークエルフが出てきて、剣や槍を構えている。どうやら俺たちが近づいたから騒がしくなったようだ。

「そこで止まれ！」

エルフの肌を浅黒くした容姿の種族だが、浅黒いというよりは健康的な小麦色の肌に見える。日焼けしたエルフといった感じだ。

髪の毛は緑色や青色、金色もいるが銀色が圧倒的に多いかな。

全員スラッとしていて、小麦色の肌と相まってスポーティーな感じを受ける。

そんなダークエルフの中から槍を持った金髪ロンゲの男が出てきた。

「お前たちは何者だ!?」

「俺はツクル。こっちは妻たちと妹だ」

俺たちを警戒した視線を投げかけてくるその金髪の男は、小麦色の肌と金髪のイメージからサーファーだと思ってしまう。

「むっ！　お前はエルフか!?　エルフがここに何の用だ!?」

元々剣呑な雰囲気だったサーファーがアンティアを見て声を荒げ、後ろにいたダークエルフたちが魔法の詠唱を始め、弓に矢を番えた奴もいる。

「待て、俺たちはダークエルフに危害を加えようとしてきたわけじゃない」

俺たちの目的はこの町の中央にある神殿にいるシャーマナイルと、そこにあると思われる召喚施設だからダークエルフと争いにきたわけではない。争いにきたわけではないが、そっちがその気なら俺も相手をしてやらないでもない。

「エルフを連れてやってきて何を言うか！」

問答無用かよ。

「放て！」

弓から矢が放たれ、俺たちに向かってくる。

その後方では魔法の詠唱を終えて魔法が放たれようとしている。

「守りの盾～」

カナンの声と共に俺たちの前に大きな透明の魔力の盾が現れた。この守りの盾は通常なら一人を守る大きさのものだが、魔法の寵児であるカナンなら俺たち全員を守る大きさの守りの盾を展開できる。

ダークエルフが放った矢は守りの盾に阻まれ地面に落ち、その後に放たれた魔法は守りの盾に当たると雲散霧消する。

「なんだあれは⁉　あんな防御魔法、あり得ないだろ⁉」

あり得ないと言っても、目の前でその防御魔法が展開されているのだから現実をしっかり見ようぜ。

「クソッ！　あんな防御魔法がいつまでも続くわけがない！　どんどん矢を放て！　魔法を放つのだ！」

自分が理解できないものに出くわすと、人は冷静な判断力を失うものだ。

あのサーファーは元々直情型の性格なのか、それともカナンの守りの盾を見て混乱しているのか。

どちらにしろ、そんなことでカナンの守りの盾が破壊できるわけもないのに、ダークエルフたちは無駄なことを続けている。

矢と魔法が間断なく続く中で、意外とダークエルフたちは冷静に動いた。

俺たちを囲むように展開して、三百六十度、全方向から攻撃を仕かけようとしてきた。

「少しは冷静さを保っているようだ。アリー、頼めるか？」

「任せてください」

アリーが唄巫女のマイクを構えてメロディーを奏で始めると、ダークエルフの攻撃が次第に止んでいき、一分もたたずにダークエルフは完全に沈黙した。

「しばらく起きないと思います」

「サンキュー、アリー」

アリーがニコリと微笑みを返してきた。アリーは美人だが視線がやや鋭いので、微笑まれると美人度が二百パーセントになって心がとろけそうだ。

俺たちに攻撃を命じたサーファーのダークエルフが地面に顔をつけて寝ている。

サーファーは気持ちよさそうに寝ている。俺なら悪夢を見させてやったところだが、そういったところはアリーの優しさなんだろう。

足でサーファーの顔を軽くコンコンと蹴ってみるが、見事に熟睡している。

人を問答無用で攻撃していて、こうも気持ちよさそうに眠るこいつにちょっとムッとする。

顔を蹴る足に無意識に力が入ってドカッとサーファーの顔を蹴り上げる。無意識だから、俺は悪くない。

「グアッ⁉」

ダークはつくが、エルフなのでダークエルフはイケメンと美人揃い。

そんなイケメンダークエルフが出してはいけない声をサーファーは出して、地面を何度か転がる。

「ぐっ……いつつ……」

やっと起きたようだ。

「俺はサーファーの顔を掴んで持ち上げる。

「ギャッ⁉」

「おい、やろうと思えばダークエルフを根絶やしにできるのに、俺は危害を加えるつもりはないと言ったぞ。だが、お前たちが俺に攻撃をしかけてきた。このことは分かっているな?」

もし分からないと言ったら、サーファーの顔を掴んでいる指に力を少しだけ入れてやろう。

「は、離せ!」

「お前、自分の立場が分かっているんだろうな? 俺が指に力を入れたらお前の頭蓋骨はバキバキにくだけるんだぞ？　死にたいのか？」

「ひぃぃぃっ⁉」

おい、漏らすなよ、汚いな。

ちょっと殺気を込めただけだろ。

股間がジョボジョボと濡れていくサーファーを投げ捨て、【闇魔法】のダークバインドで拘束する。

「ひぃぃ、助けてください。どうか、殺さないでください」

ノーマルのダークエルフであるサーファーが泣きながら懇願する。

俺は最初から危害を加える気はないと言ったのに、こいつらは俺の気に障ることをする。

もういい、他にもダークエルフは大勢いるのだから、こいつは要らない。

俺は【闇魔法】のダークファントムを発動させ、うるさく騒ぐサーファーを寝かせて悪夢を見させてやることにした。俺の話を最初から聞いていれば、こんなことにならなかったのに、とても残念だ。


寝ながら白目を剥いて苦しがるサーファーは放置して、次に尋問するダークエルフを選んでいると町の奥からサーファーよりも強い気配を持った六人ほどが出てきた。

「お待ちください！」

六人の先頭にいるのはエンシェント種のダークエルフで、その後ろには五人のオールド種が控えている。そして、俺に待てと言ったダークエルフは先頭にいるエンシェント種だった。

銀色の髪の毛が太陽光を反射してキラキラ光り輝いていて、健康的な小麦色の肌をしたとても美しい女性だ。

その顔の造形はアンティアにも引けを取らないほどだから、美人度が高いのは間違いないが、なぜかその風貌には影が差す。

この女性がダークエルフのエンシェント種だな。他の奴とは纏っている気配が段違いだ。

「どうか、その者たちを殺さないでください」

エンシェント種の超美人のダークエルフは、頭を下げて頼んできた。

「殺すなだと?」

「はい。この者たちには罰を与えます。ですから、どうか」

俺はゆっくりと歩き、エンシェント種の三メートル前で立ち止まる。

「最初に攻撃してきたのは、こいつらだ。殺すつもりでだ」

「それは、重々承知しております」

「殺すことが許されるのは、殺される覚悟を持ったものだけだ。命のやり取りというのは、それほど重いことだとダークエルフは知らないのか?」

「そ、それは……」

エンシェント種が口ごもる。

正直言ってあのダークエルフたちを殺そうなんて思ってもいない。

このエンシェント種が殺さないでくれと言うので、天邪鬼な俺はそれに乗ってみただけだ。言っておくが、俺自身が天邪鬼だというのは分かっているぞ。

エンシェント種の後ろにいた青い髪をしたイケメンオールド種の一人が前に出てきた。

「私の命と引き換えに、あの者たちを許してはいただけないでしょうか」

このオールド種は自分の命と引き換えに五十人のダークエルフの命を救おうというのか。なかなかの気概じゃないか。

「ケジル、何を!?」

エンシェント種が驚いていることから、エンシェント種の命令ではないようだ。

「お前があいつらの代わりか。本来なら俺に攻撃したことを後悔させながら殺すところだが、その意気に免じて苦しまずに殺してやろう」

俺はニヤリと口角を上げる。悪い顔をしているんだろうな。

「お、お待ちください。魔王殿!」

ピクッ。

今、俺のことを魔王と呼んだか？　このエンシェント種もクリュサールと同じように俺を魔王と呼びやがるのか!?

「何卒、この者たちの命をお助けください！」

「おい」

「は、はい！」

「今、俺を魔王と呼んだな？」

「はい。魔王殿」

「俺を魔王と呼ぶとはいい度胸だ。てめぇら、皆殺しにするぞ。この野郎！」

「え!?」

黒霧を抜き、殺気を振りまく。

エンシェント種は耐えているが、ケジルを始めとしたオールド種はその場に蹲って苦しがる。

「お、お待ちを、魔王殿」

「相当死にたいようだな。俺を魔王と呼ぶんじゃねぇっ！」

「くっ」

エンシェント種への殺気を強め、黒霧を振り上げる。

「ファイサス様！」

オールド種たちがエンシェント種を庇おうとするが、俺の殺気によって体が委縮して動けない。

エンシェント種は目を閉じた。最期を悟ったようだ。

俺は黒霧を振り下ろす。

ズッザーーンッ。ドドドバラバラ。

地面を裂き、町の防壁を破壊し、建物をいくつか破壊した斬撃は、エンシェント種の右側を通っていった。

「へ？」

エンシェント種が呆けた顔をする。

いくら魔王と呼ばれるのが嫌だからといって殺さないさ。大体、魔族の奴らは俺を魔王と呼んでいるし。

「俺を魔王と呼ぶな。今度呼んだら殺すぞ」

「は、はい！」

「で、なんで俺が魔王だと思ったんだ？」

「先ほどペリウスに【闇魔法】を使っていたのを見ました」

また【闇魔法】か。魔族といい、ダークエルフといい、なんで【闇魔法】を使うと魔王なんだよ……。

「久しぶりですね、ファイサス」

「……アンティアですか」

ファイサスというエンシェント種が顔を歪める。

「さっきのサーファーもそうだったが、ダークエルフというのはエルフが嫌いなのか？」

「嫌いという言葉で片づけるには、ダークエルフとエルフの確執の歴史は簡単ではないのですよ、ツクル」

「ふーん。言っておくが、アンティアに敵意を向けるつもりなら、それは俺への敵意と受け取る。覚悟しろよ」

「ま……貴方とアンティアは、一体どのような関係なのですか？」

今、魔王と言いそうになっただろ。

「私はこのツクルの妻ですよ、ファイサス」

「は？」

ファイサスがバカ面をする。アンティアが俺の妻というのは、相当ショッキングな言葉だったようだ。

「なななななななななな、なんでアンティアがこの方と⁉」

「そんなに驚かなくてもいいと思いますよ、ファイサス。うふふ」

アンティアはとても楽しそうに手で口元を隠して笑っている。

「アンティアがなぜこの方の妻なのか、後からじっくりと聞かせてもらいます。今は私の屋敷へお越しください」

ファイサスが屋敷に招待してくれるそうだ。それは、町の中央にある神殿なのかと聞いたら、違うと言われた。


町に入って真っすぐ進むと、ひと際大きな建物があった。

その建物がファイサスの屋敷のようで、俺たちはファイサスに案内されて屋敷へ入る。

エルフは自然と共に暮らしているイメージが強いが、ダークエルフはまったくそういう感じを受けない。

建物は多少特徴的だが、人族や獣人たちのそれと大差ない。

どかりとソファーに座ったが、座り心地はあまりよくない。【等価交換】を発動させて座り心地を改善する。

「い、今のは……」

「気にするな」

俺の向かいに座ったファイサスが【等価交換】のことを聞こうとしてきたので、機先を制してみた。

聞かれたところで【等価交換】のことを説明する気がないのだから、無駄なことは聞かないほうがいいのだ。

「それよりも、なんで俺を魔王と呼んだ？」

「【闇魔法】を使う方が魔王であると、我々ダークエルフに伝わっています」

淀みなく答えてくれるが、それでは魔族と一緒じゃねぇか。

「はぁ……、お前たちも魔族と同じかよ」

「魔族と同じとは心外です！」

おっと、ダークエルフは魔族と一緒にされることを嫌がるか。

なんと言うか、魔族もそうだがダークエルフだって結構嫌われているとアンティアやアリーから聞いているんだが、同族嫌悪ってやつか？

「知っているか、今の魔族は人族、エルフ族、ドワーフ族、獣人族と不可侵条約を締結して、大規模な町おこしをしているぞ」

「魔族が、ですか？　にわかには信じられませんが……」

「信じられないことだとは思うが、それが事実だ」

「……」

俺がここで細かく説明する必要はないだろう。信じられないなら俺に聞かず自分たちの目と耳で確かめればいいのだ。

それよりもダークエルフは、客がきても茶を出さないのか？

もしかして俺たちのことは客だと思っていないか？

まあ、さっきまで殺すだのという話をしていたのだから、歓迎しない客なんだろうが。

「それで、俺たちをここに呼んだわけを聞こうか」

「はい。先ほども申しましたが、我らダークエルフには魔王、いえ、これは貴方をそう呼んだのではなく、魔王の伝説があるのです」

「伝説ねぇ、魔族もそんなことを言っていたな」

魔族と口にするとファイサスがすごく嫌そうな顔をする。

「我らダークエルフはこの世の影に生きる者なのです」

俺の横に座るアンティアをチラリと見る。

同じエルフでもアンティアのエルフとは明らかに違う何かがあるのは俺にも分かる。肌の色だけではない何かだ。

「そこにいるアンティアが率いるエルフが太陽の種族だとすれば、我らダークエルフは闇の種族。他の種族には忌み嫌われ、闇や影に生きてきたのです」

「それでこんな島に住んでいるのか？」

「それもあります」

「ほう、他の理由もあるのか？」

「はい。この町の中央にある神殿を守り続ければ、我らダークエルフを導いてくださる魔王が現れると言われたのです」

「導くって、何を導いてほしいんだ？　この土地では不満か？」

魔族でも魔王が桃源郷に導いてくれるという言い伝えがあったが、なんで魔王はそんな伝説になっているんだ？

「我らダークエルフは、本来……ボルフ大森林に住んでいました」

「ボルフ大森林に……。だが、あそこは」

「はい。そこにいるアンティアが率いるエルフがボルフ大森林に住んでいます」

「かつて、あの森には私たちエルフとそこにいるファイサスのダークエルフが住んでいたのです」

アンティアがファイサスの言葉を引き継いだが、まさかエルフとダークエルフが一緒にボルフ大森林に住んでいたとは思わなかった。

だが、なぜダークエルフはこんな遠くの島に移り住んだんだ？

「我らは影、所詮は影なのです。ですから、太陽と共に同じ場所に住むことはできませんでした」

「エルフとダークエルフは争うようになり、私たちエルフが勝ち残りダークエルフはあの森を出ていきました」

多分、数千年前、もしかしたら一万年以上前の話なんだろう。そして、そんな歴史があったことから、サーファーはエルフのアンティアを見て攻撃してきたのだろう。

てか、そんな昔のことを未だに根に持っているのかよ。まあ、俺に人のことは言えないが。

「ですが、我らはとうとう貴方に出会いました！　どれだけ長い時間を待ったことでしょう。どうか、我らダークエルフを導いてください！」

頭を深々と下げるファイサスを見て、アンティアが溜息を吐いたのが聞こえた。

「なんだ、またボルフ大森林に住みたいのか？」

「いいえ、ボルフ大森林に固執してはいません。貴方が導いてくださるのであれば、我らはどこへでも赴きます」

「随分と簡単に言うな。今日初めて会った俺をそこまで信頼していいのか？」

「それが我らダークエルフの進む道なのです」

初対面の俺に、ここまで盲信的な信頼を寄せるその神経が分からない。クリュサールたち魔族もそうだが、こいつらは簡単に騙されるタイプだと思う。

なんでこうも魔王、魔王と慕われなければいけないのか？　俺ってそんなに魔王しているかな？

うーむ、色々思い当たることがあるな……。

「ところで、お前たちダークエルフはなんでこんなところに住んでいるんだ？　ボルフ大森林を追われたと言っても、他にも住むところはあっただろ？」

「シャーマナイルに聞いたのです」

その言葉を聞いた黒霧から殺気が漏れ出してきた。

「っ!?」

ファイサスが黒霧の殺気感じ取ったのか、目を白黒させる。

俺は黒霧の柄を指で弾いて、殺気を抑えさせる。

しかし、ファイサスの口からシャーマナイルと出た以上、聞かなければならない。

「シャーマナイルに何を聞いた?」

「先ほども申しましたが神殿を守っていれば、必ず魔王が現れると」

「そうか、あいつがそんなことをな。アンティア、どう思う?」

「シャーマナイルと言えど、未来を予知する能力はありません。口から出まかせだったのでしょうが、本当にツクルがここに現われてしまったわけですね」

アンティアは歯に衣着せぬ物言いだが、俺もそう思う。俺イコール魔王といったところが気に入らないが。

「ところで、魔王というのは一体全体なんなのだ?」

「魔王は魔王ですが……?」

あー、これはあれだ。魔王というものの本質を知らずに、ただ魔王という言葉を妄信するってやつだ。

なんで魔王なのかさっぱり理解できない。まさか、シャーマナイルの野郎が大昔から魔王をアピールしていて、それが定着しただけだったらあまりにも間抜けな話だぞ。

今度クリュサールに会ったら、聞いてみるか。いや、その前にシャーマナイルに会うのだから、シャーマナイルの野郎に聞けばいいか。

「あの……。どうか我らダークエルフを助けていただけないでしょうか？」

「ん、唐突だな」

「申しわけありません。ですが、我らは滅びの危機に瀕しています」

「……」

滅びとはまた尋常じゃないな。

「それは物理的に人口が少ないということだな？」

「ご存じだったのですか」

「町の規模からすれば十万以上の人口がいてもおかしくないが、この町はまるでゴーストタウンのように人の気配がしないからな」

町中に感じる気配は多く見積もっても二千程度。町の規模に対してあまりにも少ない。

「我々ダークエルフは子供が生まれにくい種族なのです。ですが、毎年神殿に生贄を出しています。それによって人口が増えるよりも減っていくほうが速く、人口がどんどん減っているのです」

「そんなの神殿に生贄を出すのを止めればいいだけだろ」

「……よ、よろしいのですか？」

なんで俺に聞く？　ああ、俺が生贄を出せと言ったことになっているのか。

シャーマナイルの野郎、色々とやらかしてくれているな。この落とし前はしっかりとつけさせてもらうぞ。

「お前たちダークエルフは、シャーマナイルの野郎に騙されているんだよ」

「え……？」

「お前は俺が魔王だと思っているんだろ？」

ファイサスがこくりと頷く。

「俺は生贄など求めていない」

「ですが、前の魔王が勇者に倒されたことで、魔王が復活するために生贄が必要だと……」

「シャーマナイルの野郎に聞いたわけだ」

「はい」

「前の魔王のことは魔族に聞いている」

後にも先にも、魔王と言われたのは歩と俺だけだ。

歩は魔王として他の種族と戦うことを拒否して、当時の魔族のエンシェント種に追放され、勇者に殺された。

それをシャーマナイルの野郎が利用して、魔王が復活するために生贄が必要だとか言って好き勝手やっていたというのが真相なんだろうな。

あの野郎、人の褌で相撲を取るどころか、物乞いのようにたかってやがる。ふざけた野郎だ。

「魔王の復活に生贄なんか必要ないし、魔王は魔王と呼ばれたり言われることを嫌う」

歩も魔王と呼ばれることは不本意だったはずだ。

「……そ、それでは」

「全部、シャーマナイルの野郎のための生贄だ。お前たちはシャーマナイルの野郎に騙されて、仲間を生贄に捧げ数を減らしていたってことだな」

「それでは、今まで生贄として命を捧げてくれた者たちは……」

「無駄死にだ」

「うっ……」

ファイサスの目に涙が浮かび、目頭を押さえた。

「私は……なんのために同胞たちを犠牲に……」

声を抑えてむせび泣くファイサスが醸し出す儚さに、思わずドキッとしてしまう。一見すると健康美人のファイサスだが、よく見ると影がある矛盾する彼女だから、その謎の美しさにドキッとしたのかもしれない。

「我らはなんのために……」

「それは自分たちで答えを出すことだ」

騙したシャーマナイルが悪いのか、騙されたダークエルフが悪いのか。まあ、一般的にはシャーマナイルが悪いんだろうな。

だが、魔王などというわけの分からない者を妄信するからこんなことになっているのだ。

これは地球でも宗教というものが同じようなことをしている。

人の心を救うための宗教が、上層部の人間の思いや野心を満たすために下々の者に何かを強要する。

下々の者は学がないためか、それが正しいことだと思いこんで残虐なことでも平気で行うわけだ。

いい例が、魔女狩りだろう。本当に魔女がいたかは知らないが、魔女狩りで死んだ者たちのほとんどは魔女ではない。拷問されて無理やり魔女だと言わされただけの存在だ。

その当時の宗教家でも、拷問されればほとんどが魔女だと白状したと思う。

要は、魔女狩り当時の無知な民衆のように、シャーマナイルはダークエルフの無知につけこんで生贄を出させて食い物にしただけなのだ。

「さて、俺たちは神殿にいくが、お前はどうするんだ？」

湿っぽい話になったが、俺がここへきた本来の目的である神殿へ向かおうと思う。

「シャーマナイルに騙されていたのであれば、シャーマナイルには我らの怒りを思い知らせてやらねばなりません。どうか、私をお連れください」

「連れていくのは構わんが、シャーマナイルをぶちのめすのはこの黒霧だぞ。お前はシャーマナイルが滅んでいく様を見届けるだけになるが、いいのか？」

「貴方が見ているだけだと仰るのであれば、それに従います」

「はぁ……。言っておくが、俺は魔王じゃないからな」

「……」

なんだよ、その目は。俺は魔王なんかじゃないぞ。断じてないんだからな！

氏名：ファイサス
種族：エンシェントダークエルフ　レベル五百
スキル：【危機感知Ⅴ】【魔力感知Ⅴ】【影魔法Ⅴ】【魔力操作Ⅳ】
ユニークスキル：【影を支配する者】
エンシェントスキル：【第二の命】
能力：体力A、魔力EX、腕力B、知力S、俊敏S、器用A、幸運F
称号：始祖ダークエルフ、試練を課す者

▼▼▼

ファイサスは【影魔法】に代表されるように【影を支配する者】らしい。

だからファイサスには影がつき纏っているのか、それともファイサスの性格故なのか？

神殿に向かおうと、ファイサスの屋敷を出る時、ファイサスの他にオールド種もついてこようとした。

「オールド種では足手まといにしかならない。ついてくるのは勝手だが、死んでも文句は言うなよ」

オールド種は俺の言葉に唇を噛んで悔しそうにするが、あの神殿にいるのはシャーマナイルだけではない。オールド種では一瞬で食い殺されてしまうだろう。


「貴方たちは待っていなさい」

「しかし、ファイサス様だけでは」

「死者の軍団に備えて皆を集めるのです」

「……承知しました」

「死者の軍団か。言い得て妙だな。神殿には百万の死者の軍団がいるからな」

「その中には、同胞であった者もいるでしょう。私は決してシャーマナイルを許しません」

「許さないのは構わないが、お前も足手まといになるなよ」

「もし私が足手まといになるようでしたら、捨て置いてくださって構いません」

「いい覚悟だ。それじゃ、いこうか」


神殿は町の中央にあって、天を突くほどの塔が五つ聳え立っていて塔を結ぶと五芒星になる。

「神殿には結界が張ってあり、入れないようになっています」

ファイサスの言うように塔が結界を張っていて、五芒星の中心に神殿があるので普通なら近づけない。

しかし、普通では近づけなくても俺には関係ない。

「結界なら壊せばいい。壊せないのであれば、別の手を考える」

「あの結界を壊すのですか……？」

「まあ、見てろ」

神殿を守るように張られている結界を壊せないとは思わないが、壊せない場合は【結界透過術】を使えばいい。

その前に……。

【完全結界術】発動」

「えっ!?」

五芒星の塔の外側に【完全結界術】を施す。これで、シャーマナイルが逃げようとしても逃げ出せない。

クソジジィの時に学んだし、シャーマナイルの野郎も逃げ足が速いからな。

「よし、これで好きなだけ暴れられるぞ」

「ご主人様。この結界を破壊するのは、このハンナにお任せください」

「あ、カナンも～」

「はいはいはーい。サーニャもやるよー」

いつもの三人が手を上げる。

「誰が一番最初に結界を破壊できるか、競争ですね！」

ハンナがそう提案すると、カナンとサーニャも同意して競争することになった。

「よし、三人の誰が結界を壊すか、賭けるぞ！　アンティアは誰にする？」

「そうですね……。それでは、言い出したハンナにしましょうか」

「一ノ瀬は？」

「えーっと……。それならカナンさん……でしょうか？」

「アリーは？」

「残っているのはサーニャさんですから、サーニャさんにします」

「私たちに聞いておいて、ツクルは誰にするのですか？」

アンティアの問いに、顎に手を当てて考える。賭けとは言ったが、俺自身は勝たなくてもいい。こういうのはイベントなので、楽しめればいいのだ。だから、俺は可能性の低い条件に賭けるとしよう。

「俺は……三人同時だな。これで賭けが成立するが、景品を何にするか決めてなかったな……」

「それなら、一週間ツクルを独占する権利を要望します」

「なんだよそれ？　それじゃ、俺が勝ったら意味ないだろ」

「そんなことないですよ。ツクルが勝ったらツクルの好きなようにすればいいのですから」

いや、それじゃ今と変わらないじゃないか。

「ちょっと待ってください！　私たちも勝った人がご主人様を一週間独占させてください」

「あー、それいい！　サーニャもお兄ちゃんを独占するぞー」

「ご主人様を一週間……食べ放題です！（じゅるり）」

なんだかスイッチが入ってしまったぞ⁉

「分かった、分かった……」

それで気合が入るのであれば、それでいいか。

「あ、あの……私も参加していいですか？」

「はあ？」

なんでファイサスが参加するんだよ？

「私も三人同時に賭けますので、三人同時だったその時には貴方の時間を私に分けてください」

言っている意味が分からないんだが。

「どうか、ダークエルフの人口を増やすためにお力添えをお願いします！」

ああ、そういうことか。人口が少なくなったダークエルフを増やすために力を貸せというのだな。

ふむ……。まあ、その程度なら、いいか。

三人なら結界を破壊するのは簡単なんだろうが、三人同時に結界を破壊するなんてあり得ないし。

「仕方がない。三人同時ならお前の要望を聞いてやる」

「ありがとうございます！」


カナン、ハンナ、サーニャの三人はそれぞれ位置についた。

カナンは魔法の余波に巻き込まれないように結界から十分に距離を取り、ハンナは軽く柔軟をしながら結界の目の前に、サーニャはカナンとハンナの中間くらいに位置取った。

「それじゃ、始めるぞ。俺がGOと言ったら、攻撃開始だからなー」

「は〜いなのです〜。ご主人様〜」

「承知しました。ご主人様」

「OK、OK〜、お兄ちゃん」

俺は右腕を上げて、三人を順に見ていく。三人ともいい笑顔をしている。

腕を振り下ろし、「GO」と大声で合図する。


「撃ち抜いちゃってください〜、フレアレーザー」

カナンが燃え盛る大賢者の杖を掲げて気の抜ける声を出すと、一本の線になって放たれた。

レーザー光線のような眩い光の線が結界へ到達するのに時間はかからず、ほぼ一瞬で到達して圧倒的な熱量をもって結界を貫いた。

「カナンさんやサーニャに負けるわけにはいきません！」

気合を入れたハンナが、右腕を振りかぶり鬼気迫る迫力で放つ。

コークスクリューパンチのように軸捻転を加えた拳は、あり得ないほどの破壊力をもって結界を打ち抜いた。

「いっくよーっ！」

サーニャが野球のピッチャーのように、大きく振りかぶって海竜王牙トマホークを投げる。

手斧サイズの海竜王牙トマホークが、くるくると回転しながらマッハを超える速度で飛んでいくと、結界を断ち切った。

「「「「………」」」」

俺、一ノ瀬、アリー、アンティア、そしてファイサスがその光景を驚きの眼差しで見つめていた。

三人の攻撃は、それぞれが結界を破壊している。

「ツクル君、私には同時に破壊したように見えたのだけど……？」

「私の目にも同時だったように見えます。ツクルさん」

「風を司るエンシェントエルフである私にも、同時に見えました」

一ノ瀬、アリー、アンティアの三人が、同時に結界が破壊されたように見えたと言う。残念ながら、俺も三人同時に結界を破壊したように見えた。つまり……。

「私の勝ちでよろしいでしょうか？」

自分で賭けておいてなんだが、本当に三人同時に破壊するとは思っていなかった。そう言えば、俺の『幸運』って最高の『EX』だった……。

だが、約束した以上はそれがどんなことでも守らなければいけないし、守らなければ俺はクズに成り下がってしまう。

まあ、今回はダークエルフの人口を増やす手伝いだから、オークジャーキーを贈れば問題ない。あれは、子供ができにくいダークエルフにも効果があるものだ。なんと言っても、無精子症でもオークジャーキーを食べれば子供ができるからな。

「ああ、お前の勝ちだ。ファイサス」

常に影を纏っているファイサスの顔が、花が咲いたように晴れやかなものになった。

「その話はシャーマナイルを倒してからだ」

「はい！」

そんなに人口が増やせるのが嬉しいのか？　まあ、かなり責任を感じていたようだからな。

「ご主人様。三人同時ですので、三人で一週間ご主人様を独占させていただいてもよろしいですか？」

「あー、分かった。それでいいぞ、ハンナ」

「ありがとうございます。ご主人様！」

「やった～食べ放題だ～♪」

「お兄ちゃんとデートか。えへへへへ」

まあ、なんとかなるさ。


結界を貫いた三人の攻撃によって、結界は貫かれた三カ所からヒビが入っていき崩壊した。

「邪魔ってほどでもなかったが、結界を破壊したからいこうか」

「「「「はい（なのです）」」」」

「しかし、あの結界をいともたやすく破壊するなんて……」

ファイサス、それは今さらだ。

五芒星の塔からわらわらと何かが出てくる気配がして、こちらに向かってくるのが分かった。

「皆、分かっているな」

俺が六人の顔を順に見ていく。一ノ瀬はお化けが苦手なので少し青い顔をしているが、それでも以前に比べれば戦えるようになっているだけマシだ。


一番近くの塔から出てきたのが、見えてきた。

「臭い……」

アリーやハンナ、サーニャの鼻のいい獣人の三人が嫌な顔をする。

近づいてくるのは死霊系の魔物で、マミーやグールはいいのだがゾンビ系は腐っていて腐臭が酷い。

「カナン。生ごみを燃やし尽くしてくれ」

「はいなのです～。みんな～燃やしちゃうよ～♪」

燃え盛る大賢者の杖を掲げたカナンの魔力が膨れ上がって、人間型のゾンビ、犬型のゾンビ、その他の様々な形をしたゾンビを炎の渦が焼いていく。

「カナンさんの魔法は、相変わらずえげつない威力ですね」

アリーが炎の渦に飲み込まれていくゾンビ系の魔物を見て呟いた。俺もアリーに同意だ。

「次から次へと魔物はやってくるぞ。狩り放題だ！」

俺は黒霧を抜き、魔物の中に飛び込んでいく。

ハンナが俺の後に続き、サーニャが中間的なポジションで海竜王牙トマホークを投げる。

カナンは【炎魔法】を、一ノ瀬は【神聖魔法】、そしてアンティアは【暴風魔法】を放って魔物を焼き、浄化し、あるいは切り裂き、アリーが俺たちの能力を上げる歌を歌う。


「なんという殲滅力……」

第一陣を殲滅した光景を見て、ファイサスが呆然としている。

「まだ一番近くの塔から出てきた魔物を倒しただけだ。戦いはまだ始まったばかりだから、気を抜くなよ」

「気を抜く以前に私のところまで魔物がこないのですが」

「そこは競争だ。魔物と戦いたければ、積極的に狩るようにするんだな」

「……そうします」

「皆、これを食べておけ」

俺は全員にハンバーガーを手渡した。エンペラードラゴンの挽肉で作ったパティ、トマトベースのミートソース、みじん切りにした玉ねぎ、厳選したチーズ、そして柔らかなバンズでそれらを挟んでいる。

イメージとしてはモ●バーガーのモ●チーズバーガーだ。

「ご主人様。お代わりをください!」

皆には一個づつ渡し、カナンには三個渡したのだが、すでに三個とも食べ切ってしまったようだ。

しかも、口の周りにミートソースがべっとりとついている。

そんなカナンにはさらに三個を渡す。

「まだ戦闘中だから、それで我慢するんだぞ」

「う〜。分かりました」

と会話している間に、カナンは追加の三個も食いつくした。

「ほら、口の周りを拭いてやる」

カナンの口の周りについたミートソースをタオルで拭いてやったが、手もベタベタだったのでついでに拭いてやる。まるで子供だな。

「こんな美味しい食べ物を食べたのは初めてです！」

ファイサスが目を剥いて驚いているが、そこまで凝った料理ではない。もっとも、ハンバーガーにしては手の込んだものになっているが。


「数が多くて叩き切るのも飽きた。べーゼ」

「ここに」

俺が呼べばどこにでも現れるのが、このべーゼだ。俺の【完全結界術】があっても関係ない。なぜなら、これは眷属を召喚しているためなので、例え異世界でもべーゼは現れるのだ。

「魔物は全てお前に任せた」

「承知しました」

頭部が髑髏なので表情は分からないが、ベーゼから楽し気な感情が伝わってきた。

「我が百万、千万の軍団よ、地獄の底より現れ、我が主の敵を喰らい尽くすのだ」

ベーゼが杖を二、三度振ると、地面から地獄の亡者と言うべき死霊系の魔物が這い出てくる。

「こ、これは……」

「安心しろ。あれは俺の眷属だ」

「あんな眷属まで従えているなんて……まぉぅ……ぃ」

「今、魔王って言わなかったか？　どさくさに紛れて俺を魔王と呼ぶな」

「は、はい！　申しわけありません！」

ファイサスが背筋をぴんと伸ばして改まり、腰を九十度折った。

ベーゼの死の軍団は数で塔の魔物を圧倒し、その全てを喰らい尽くした。圧倒的な勝利だ。

そこで、やっと死霊族のオールド種が現れたが、ベーゼの部下のオールド種に喰い殺されていた。

「ベーゼ、ご苦労だった」

「主様のお役に立てたこと、この上なき喜びにございます」

ベーゼはスーッと何もない空間に消えていく。

「よし、進むぞ」

俺たちは中央にある神殿へと足を進める。

神殿の大きな扉の前で立ち止まると、黒霧が早く入れと急かしてくる。

「まあ、待て。こういうのは、礼儀というものがあるんだ」

「ご主人様。その礼儀、このハンナにお任せください」

「ん、そうだな。ハンナに任せた」

ハンナが大きな扉の前に進み出る。扉は二枚あって観音開きになっていて、高さは六メートルくらい、幅は五メートルくらいある。とにかく巨大な扉だ。

ハンナが扉をノックした。

「返事がないので、勝手に入りますよ」

一応、断りの声をかけると、右足をグイッと上げた。

ハンナは戦闘でもメイド服を着ている……キワキワメイド服なので、足を上げるとエロエロニーハイソックスの上の太もものさらに上が見えそうになるが、これが見えないのだ。

肉弾戦を得意としているハンナなのだが、蹴りを放ってもスカートの中は見えない。あれが絶対領域というものなんだろう。

刺さっちゃうブーツというなんとも危なそうな名のブーツがガンッと巨大な扉に打ちつけられる。俗に言うヤクザキックだ。

扉が派手な音と共に破壊されて吹き飛んでいく。

中は長椅子もなくだだっ広い空間になっているが、空気が澱んでいて重たい。

「おーい、シャーマナイル。いるのは分かっているぞー。出てこーい」

ゾンビのおかげで悪臭が漂っているのに、さらに空気が澱んでいる神殿の中に入りたくないから呼んで出てきてくれるのならそれに越したことはない。

だが、神殿の中に俺の声が木霊するだけで、シャーマナイルは出てくる気配がない。いや、気配は感じるので隠れているのだろう。


「仕方がないな。一ノ瀬、この神殿全体を浄化できるか?」

「うん、やってみるね」

「おう、頼んだ」

神棍を両手で持って精神集中する一ノ瀬の横顔を見つめる。うん、可愛いな。

思わず頬を突っつきそうになったのを、ぐっと堪えて一ノ瀬を見守る。

しかし、普段の私服は地味目のものが多い一ノ瀬だけど、聖女の修道服は体のラインを強調し、スリットが深く入っていてとてもエロイぜ。

「神聖なる光よ、不浄なるこの建物を浄化したまえ。エリアセイントクリーン!」

天空から光が差し込み、神殿を照らす。

すると、澱んでいた神殿内の空気が澄んでいく。徐々にだが、神殿の隅々まで浄化が進んでいく。

もしここにただの死霊族がいたら、一瞬にして浄化されてしまうだろう。

神殿全体が浄化されていく中で、シャーマナイルが苦しがっている気配が伝わってくる。

「一ノ瀬。大丈夫か？」

「うん。これでもツクル君たちに鍛えられたから！」

「いい笑顔だ。可愛いぞ」

「か、かわいいっ⁉」

ぼふんっと音が聞こえてきそうなくらい、一ノ瀬の顔が真っ赤になった。

可愛いと言っただけなんだから、そんなに顔を赤くしなくてもいいだろ？　夜の時はいつも言っているし……。

しかし、以前の一ノ瀬なら、今ので魔法の制御ができなくなっていたはずだが、今の一ノ瀬は魔法を完全に制御している。成長したな。


「グアァァァァァッ⁉」

悲鳴のような奇声をあげてシャーマナイルが床から這い出てきた。

「おのれぇぇぇぇぇっ」

恨めしそうな声を出すなよ。

お前は頭が髑髏なんだから一ノ瀬が怖がるじゃないか。

「よう、やっと出てきたな。この浄化で出てこなかったら、神殿ごと消滅させていたところだぞ」

「ふざけるな！」

「ん？　お前、そんな鎌なんて持っていたか？」

見た目はベーゼに似ているシャーマナイルだが、前回は手に何も持っていなかった。

あ、ベーゼに似ているというのは言葉の綾だから、そんなに嫌そうにするなよ。悪かったって、ベーゼ。

ベーゼからとても嫌そうな感情が伝わってきたので、謝っておく。俺も失礼だと思ったんだ。

「ぐふふふ。この鎌はお前たちを切り刻むためのものだ！　これほどの屈辱は、かつて味わったこともない！　決して許さぬ！」

許さぬと言われても、別に許してもらおうとは思っていないし。大体、許してもらうのは、お前のほうであって俺たちではない。

この黒い波動とも言うべき黒霧の感情を抑え込んでいる俺の身にもなってみろよな、こんにゃろ！

「む、ファイサスではないか。この神殿に侵入者がいるので、死んだと思っていたぞ」

「お黙りなさい！　私を騙し、ダークエルフの同胞たちを食い物にした貴方を、この私は決してゆるしません！」

短いつき合いのファイサスだが、これまでに見せたことのないほどの激しい感情を言葉に乗せた。

「くくく。何をそのように怒っているのだ。まさかこの者どもに唆されたか？」

「私を唆した貴方に言われたくはありません！」

ファイサスがいきなり、無数の影の矢を放った。

「はーっははは！　この我にそのようなものが効くものか！」

影の矢はボロ布のようなシャーマナイルの胴体を突き抜けて後方へ飛んでいった。

シャーマナイル《あいつ》の体は実体がないためか、それとも【影魔法】では相性が悪いのか、シャーマナイルはまったくダメージを受けた様子がない。俺の目には、【影魔法】の相性が悪いように見えた。

「くくく。愚かなことよ。あのまま我に生贄を捧げ、族滅しておればいいものを」

「くっ！」

なおも攻撃しようとするファイサスの肩を掴んで止める。

「あいつは俺の獲物だと言ったはずだ」

「うっ……。失礼しました……」

俺がファイサスを止めたことで、シャーマナイルから伝わってくる感情のようなものが、蔑むようなものになった気がした。

「なんだ、魔王に惚れたか？」

「なんと破廉恥なっ！」

「止めておけ」

シャーマナイルの挑発に乗りそうになるファイサスを制し、俺が前に出る。

「お前は後ろで見ていろ。そういう約束だぞ」

「……はい。ご迷惑をおかけしました」

「いや、迷惑とは思っていない。だが、ここは俺に任せろ。シャーマナイル《クソ野郎》は俺がぶちのめす」

「よろしくお願いします」

ファイサスの悔しさは理解できる。こんな奴を信じて生贄を出していた自分の愚かさを悔いているんだろうな。

「魔王か。我と共に歩む気になったか？」

「寝言は寝てから言うものだぜ、負け犬死霊族のシャーマナイルよ」

「ほう、我を負け犬と言うか」

「尻尾を巻いて逃げ出した負け犬が、何を偉そうに言っているんだよ」

シャーマナイルが怒気をはらんだ殺気を飛ばしてくるが、俺にとっては気持ちのいいものだ。

「ところで、魔王って俺を呼んでいるが、お前は魔王が導くとか導いてほしいとか言わないのか？」

「………」

「なんで答えないんだ？　まさか、魔王もお前が作り出した嘘八百じゃないだろうな？」

そもそも魔族とダークエルフにだけそんな伝説というか、言い伝えがあるのはなぜか？【闇魔法】を持っているから魔王だというのは、どこから出てきたんだ？

そもそも魔王とはなんだ？　どんな存在なんだ？

目の前で俺を睨んでいる（？）シャーマナイルは何か知っていそうな気がする。こいつから上手いこと魔王について聞き出せないかと思うが、簡単じゃないだろうな。

「まあいい。お前をここでぶちのめして、泣いて謝るまでボコってやる」

「このデスサイズを持った我を倒せると思うのであれば、やってみるがよい」

シャーマナイルがデスサイズという大鎌を一振りすると、刃は当たっていないが地面が裂ける。

これほど自信を持っているんだ、あのデスサイズは相当いい武器なんだろうな。

デスサイズ‥ 五割の確率で即死効果が発動し、殺したものの魂を喰らう。喰らった魂の数だけデスサイズ自身と使用者を強化する。

ほう、なかなかのものだ。

このデスサイズを強化するためにダークエルフに生贄を要求していたのか。

だが、シャーマナイルには数十万の死霊軍団がいたのだから、その魂を喰らわせれば……いや、こいつが自分の戦力を低下させるようなことをするとは思えない。

完全に支配下に置けないダークエルフの魂を喰らうことで、このデスサイズを強化してきたわけか。せこい奴だ。


「おい、ツクル！　そろそろいいんじゃないか！」

黒霧がかなり逸っている。

「お前、そんなんじゃ前回と同じ結果になるぞ。冷静さを失うな」

「わ、分かっている！」

「そうか？　だったら、ゆっくりシャーマナイルと話をしようじゃないか。どうせ、奴は逃げられないんだ」

「ツクルの話は長い」

「いや、俺の話は長くないだろ。学校の校長よりは」

「とにかく、早く話を終わらせろよ」

「はいはい」

まったく、黒霧《こいつ》はシャーマナイル《あいつ》のことになると、冷静さを欠く。こいつが落ち着くように、俺が気を使って時間を稼いでいることを分かれよな。

「何をごちゃごちゃ言っている！　我に楯突いたことを後悔させてやるからかかってこい」

「なんだ。そのデスサイズがあるからって、随分と強気だな？　俺に即死は効かないぞ」

「………」

黙り込んで、分かりやすい奴だな。髑髏だから表情が分からないとでも思っているんだろうか？

おっと、考え込んでいたらシャーマナイルが踏み込んできて大きなモーションでデスサイズを振ってきた。

俺は黒霧を素早く抜き、デスサイズを受け止める。ずっしりと重い。

こいつ、どれだけの魂を喰らってるんだ!?

「ご主人様!?」

「ご主人様ーっ!?」

「ツクル君⁉」

「ツクルさん⁉」

「ツクル⁉」

「お兄ちゃん⁉」

俺が押されたのを見た皆が声をあげる。

「心配するな。考え事をしていただけだ」

「ツクルさん、こんな時に考え事ですか？　感心しませんね」

「すまん、すまん」

アリーに叱られてしまった。テヘペロ。


「大言壮語、後悔するがいい」

「奇襲されなければ、どうってことはない！」

黒霧とデスサイズが交差する。

「…………」

先ほども感じたが、嫌な感じがする。即死効果が俺を殺そうと魂に作用しているのかもしれないな。

だが、俺にはユニークスキルの【死神】がある。この【死神】は敵を即死させるスキルだが、その逆に即死を防ぐ効果もある。

だから、デスサイズの即死効果は俺には効かない。

黒霧を握る手にずしりと魂の重みがかかる。こいつは自分のために多くの魂を喰らってきた。自分のために他者を踏みつけることを非難するつもりはない。俺だって、好き勝手やって多くの魔物や人間を死に追いやっているのだから。

「なかなかのものじゃないか。だが、その程度では俺は殺せないぞ」

「余裕でいられるのも今の内だ、魔王よ！」

黒霧は落ち着いている。あとは俺がシャーマナイルを上回るだけだ。

瞬時に間合いを詰めると、シャーマナイルはそれに反応してデスサイズの間合いを保とうとする。

俺の動きについてくるとは、デスサイズによって強化された能力は伊達ではないということか。

デスサイズが俺の首を刈り取ろうとするのを、俺は頭を下げて躱して突きを放つ。

以前のシャーマナイルの動きではない。

デスサイズによって能力が強化されたとしても動きの癖は変わらないはず。だが、奴の動きは以前のそれとはまったく違う。かといって手練れと言うほどではない。

この違和感はなんだ？

俺とシャーマナイルは何度も打ち合う。その度にデスサイズが俺の魂を喰らおうとする。いい加減、ウザイ。

「お前の癖はすでに見切ったぞ、シャーマナイル」

「くくく、癖がなんだと言うのだ。そのようなことで魔王が劣勢なのは変わらないぞ」

「俺が劣勢？　言ってくれるぜ」

デスサイズの軌道を見切り、掻い潜って俺は黒霧を薙ごうとした。

だが、ここで背筋に電気が走り、【野生の勘】が警鐘を鳴らす。俺が無意識に体を捻ると頭上をデスサイズが通り過ぎ、俺は地面を転がった。

「どうした、そのように地べたを這いずっていては、我を倒せぬぞ」

「………」


今の動きはどういうことだ。

俺の動きが読まれた？　まさか、俺の癖が読まれたのか？

「何を呆けているのだ、魔王よ」

「何をした？」

「くくく。さて、なんのことかな？」

この野郎、いい気になりやがって。

デスサイズが俺の頬を掠る。

「ちぃぃぃぃっ！」

「はーっははははは！　先ほどまでの威勢はどうした、魔王よ！」

「調子に乗りやがって！」

シャーマナイルから距離を取る。あの野郎、いきなりデスサイズの扱いが上手くなりやがった。

あれではまるで別人じゃないか。

頬の傷から血が垂れる。傷を指でなぞり、指についた血を舐める。

俺がシャーマナイルごときに……。俺は驕っていたのか？

いや、この傷は驕りのためについたのではない。奴の動きが明らかに変わったためについた傷だ。

「ツクル。あんな子供騙しにひっかかって、お前こそ冷静になったほうがいいぞ」

「子供騙しだと……っ!?」

何が子供騙しだと言うのだ？　冷静に考えろ、俺！


シャーマナイルの攻撃を避ける。

癖を掴んだと思ったらまた動きが変わる。

これは俺が驕っていたからではなく、明らかにシャーマナイルの動きが変わるのだ。

シャーマナイルの野郎は、癖があると見せかけて俺を誘っているのか？

……そうか、そういうことか。

「まさか黒霧に冷静になれと言われるとは思ってもいなかったぜ」

「その言い草、気に入らんぞ」

「ふっ。俺が悪かった。冷静になれば、それほど大したことではなかったな」

「分かればいいんだ、分かれば」

黒霧のほうが冷静だったとは、やはり驕っていたようだ。

「やってくれるじゃないか、シャーマナイルさんよ」

「なんのことだ」

「とぼけるか。まあいい。俺の類のこの傷は、何十倍にもして返すぜ」

ゆっくりとシャーマナイルとの距離を詰める。


シャーマナイルが動くと同時に俺も動く。

「しっ！」

「グッ!?」

冷静に見れば大したことはない。

動きが変わったことで動揺していたと思いたくはないが、正直なところ少しは動揺していたようだ。

「悪いな、動きが変わったので少し動揺していたようだ」

「…………」

「正直言って、そのカラクリに興味はない。だが、反吐が出るぜ」


シャーマナイルの動きが変わったカラクリは簡単だ。

あの野郎、デスサイズで魂を喰らった奴らの動きをマネできるはずだ。つまり数万、数十万という魂の分、その動きがトレースできる……。

「どうやら、デスサイズの本当の力に思い当たったようだな。だが、それで我には勝てぬぞ」

「それはどうかな？」

自信満々のところに悪いが、デスサイズが喰らった魂の中に俺を超える奴がいるとは思えない。しかも大鎌なんて特殊な武器を扱える魂がどれだけいると思っているんだ？

シャーマナイルをバカにしたように、ニヤリと口角を上げる。

「こいよ」

「魔王だからと我に勝てると思うなよ！」

デスサイズを振りかぶるシャーマナイルに向かって【闇魔法】のダークバインドを放つ。

「剣では我に勝てぬと思ったようだが、こんなもの！」

シャーマナイルは体にまとわりついたダークバインドの闇をはじき飛ばす。

「甘いぞ、魔王！」

「俺の何が甘いんだ？」

「む!?」

俺はシャーマナイルの後ろに回り込んで、黒霧を奴に突き立てる。

「グアッ!?」

黒霧は『闘神剣』であり、本来の力を発揮できるのであれば、シャーマナイルごとき浄化できる。

その証拠にシャーマナイルは地面を転がって苦しがっている。

「なぜだ!?　なぜ我の後ろに!?」

「【闇魔法】がダークバインドだけだと誰が言った?」

俺の【闇魔法】は、幻覚や幻影を見せることもできる。

つまり、シャーマナイルはダークバインドをかけられたと思っていたようだが、ダークバインドの裏で幻影を見せられていたわけだ。

「ありがたく思えよ。【解体】を使っていたら、お前は今頃死んでいたぞ」

手加減したわけではない。俺が【解体】を使ってここで戦いを終わらせてもよかったんだ。

だけど、それでは黒霧の気が晴れない。後からグダグダ言われるのが分かっているので、黒霧の気が済む戦い方でシャーマナイルとケリをつけようと思っているだけだ。

「ふ、ふざけおってからに！」

黒霧の浄化効果が苦しいのか、シャーマナイルから今までの余裕がなくなった。

一ノ瀬が浄化した時よりも直接的な浄化は死霊族にはとても苦しいらしい。くくく。

「おい、立って戦えよ。さもないと殺し甲斐がないじゃないか」

シャーマナイルをバカにした口調で煽る。

それが気に障ったようで、髑髏の顔を歪めて怒気を放ってきた。

その次の瞬間、シャーマナイルが何かをしようとしたのが伝わってきた。

「っ!?」

めちゃくちゃ焦っているぞ。

「……お前、逃げようとしただろ」

「…………」

「言っておくが、前回のように逃げられると思うなよ」

「何をしたのだ、魔王！」

「逃げ足の速いお前のために、逃げられないように対策しておくのは当然だろ？　なあ、負け犬死霊族のシャーマナイルさんよ」

「お、おのれぇぇぇぇぇぇぇぇぇっ！」

　シャーマナイルがデスサイズを振りかぶって攻撃してきたが、その刃が俺を捉えることはない。

「ギャァァァァァァァッ」

　甲高い悲鳴をあげるなよ、うるさくて仕方がない。

　シャーマナイルもうダメだな。心が折れてしまっている。この程度のことで心が折れるって、どんだけメンタル弱いんだよ。

「おい、黒霧。あいつもう殺していいか？」

「あのような者に不覚を取ったと思うと、気恥ずかしい限りだ。殺す価値もないが、生かしておいては世のためにならぬだろう」

　そう言えば、死霊族ってもう死んでいるんだっけ？　どうでもいいか。

　とにかく、黒霧の気が済んだ。てか、地面を転がり七転八倒する無様な姿を見ると、千年の恋も冷めるだろ。あの野郎に恋なんかしてないけど。

「そう言えば、異世界からの召喚施設がここにあるだろ？」

後から家探しするのも面倒だから、黒霧を鼻先に突きつけてシャーマナイルに聞いてみた。

「……………」

何も言わない。

黒霧を五センチほど前に出すと、髑髏の鼻の中に黒霧の先が入った。

「ヒ、ヒィィィ」

「俺は、召喚施設はあるかと聞いたんだ。答えろよ」

髑髏の目から涙を流して、俺を見上げてくる。全然可愛くない。

「しょ、召喚施設はない……」

「はあ？　ここになければ、どこにあるんだ？」

「わ、分からぬ」

「てめぇ、舐めてるのか？　死霊族が召喚施設を管理しているのは、知っているんだぞ」

「ほ、本当だ。元々はこの神殿の地下にあったが、三カ月ほど前に消えてしまったのだ」

「はあ？　召喚施設が消えるって、俺をバカにしているのか？」

「本当なのだ！　我は嘘などついてない！」

シャーマナイルの必死さを見ると本当のことに思えるが、召喚施設が消えるなどあり得るのか？

ヒルメさんが何かしたのか？

『黒霧はどう思う？』

『嘘を吐いているようには見えぬな』

『お前もそう思うか。となると、召喚施設はどこへ……？』

シャーマナイルを処分してから、ヒルメさんに聞いてみるか。


考えたら、シャーマナイルを殺しても新しいエンシェント種が生まれて悪さをするか……。

よし、一ノ瀬に頼むとするか。

「おーい、一ノ瀬」

「な、何？　ツクル君」

シャーマナイルの姿が一ノ瀬には受け入れられないようで、少し涙目だ。そういうところが可愛く愛おしく思える。

「【聖結界】でこいつを封印できるか？」

「えーっと、【聖結界】を維持し続けるってことだよね？」

「そうだ」

「一年や二年なら大丈夫だと思うけど、長い期間は無理だと思うよ」

「そうか……。なら、【封印】スキルを創るか。とりあえず、こいつを【聖結界】で閉じ込めておいてくれ」

「うん」

一ノ瀬が【聖結界】を発動させると、シャーマナイルの周囲に光の壁が現れた。

シャーマナイルがその結界に触ると、ダメージを受けたようで悲鳴をあげている。まあ、【聖結界】っていうくらいだから、聖の力が死霊族には効くんだろうな。

「さて、【封印】を創るか」

俺は【等価交換】を発動させて【封印】を創る。その際に使わない【囁き】【木魔法II】【風魔法II】を素材にすることで魔力の消費を抑える。

「よし、できた」

新しく俺のステータスに【封印】が増えた。

イメージを明確にして【封印】を発動させる。

シャーマナイルが光に包まれて、形が変わっていく。

光が収まると神殿のオブジェクトのような高さ一メートルくらいの水晶が現れる。

その水晶の中央には、髑髏があってこれがシャーマナイルの頭部だというのが分かる。

「ファイサス。シャーマナイルを殺したら新しいエンシェント種が生まれてくるだけだから、この水晶に封印した。この水晶を壊さない限り、封印は解けない。これの管理をお前たちダークエルフに任せていいか？」

「承知しました。我らダークエルフが力の限り、この封印を守っていきます」

「悪いが、頼む」

あえてファイサスに言わないが、この水晶の中でシャーマナイルは永遠の苦痛を味わうだろう。そういうイメージで封印を施したからな。

ダークエルフの恨みを取り込んだ封印なので、ダークエルフたちがシャーマナイルの復活を望まない限りこの水晶は壊れない。全てはダークエルフたち次第だ。

003 平和の代償

なんでこうなった？

俺は確かにダークエルフのエンシェント種であるファイサスと約束した。

だが、それはダークエルフの人口を増やす協力をすることであって、ファイサスに俺の子供を産ませることではない。

「なあ、考え直せ。今ならまだ間に合う」

「アンティアを妻にしているのですよね？　でしたら、私もツクル殿の子種をいただきたいと思います」

ぐいっと顔を寄せてくるファイサスに、ドキッとする。ファイサスは妙に影があって色っぽいんだ。

だが、俺は好きでもない女性を抱こうなんて思わない。ここで押し負けたら、一生後悔する。

「俺は好きでもない女性は抱かない。ダークエルフの人口増加のための手伝いはするが、それとファイサスを抱くのは別の話だ」

「私ではツクル殿の興味を引きませんか？」

「そういう問題ではない。分かってくれ」

そんな悲しそうな瞳をするなよ……。

ファイサスの顔を見ていると、自分がとても悪いことをしている気になってしまうので、目を逸らして【素材保管庫】からオークジャーキーをどさりと出す。

「これを食べた後に子作りすれば、ほぼ百パーセントの確率で子供ができる。ダークエルフのような子供ができにくい種族でも効果は抜群だ。これをやるから、勘弁してくれ」

「残念ではありますが、ツクル殿のお気持ちを無視して私の気持ちを押しつけることもできません。ですが、その気になりましたら、いつでも私に子種をください」

「お、おう……」

その気になったらって……。ファイサスは俺の後ろで、俺の背中に剣呑な視線を突き刺している方々のことを理解しているのだろうか？


なんとかファイサスのお誘いをお断りした俺は、アルグリアに帰ってきた。

ん、封印したシャーマナイルはどうしたんだって？

あいつが言っていた地下の召喚施設があったという場所に安置してきたぞ。

神殿の地下にはかなり広い空間があって、元々召喚施設があったのは多分本当のことだと思う。

どうして召喚施設がなくなったのかは、シャーマナイルどころか誰にも分からない。

どっちにしろ、何も使われていない空間が地下にあったので、シャーマナイルを封印したクリスタルを地下に安置して俺と一ノ瀬で幾重にも結界を施してきた。

後は、ダークエルフたちが定期的に結界を維持するための魔力を供給すれば、結界は永遠に維持されるだろう。まあ、結界がなくてもあの封印を壊すのは簡単じゃないけどな。


アルグリアに戻ると、すぐにエイバス伯爵に呼ばれた。

何事かと思いながら、エイバス伯爵邸を訪れる。


「呼び出してすまない」

「いや、いい。それで話とはなんだ？　また子供ができたか？」

「そのことではない。まあ、子供は確かに側室が身籠っているが……」

エイバス伯爵は側室を七人まで増やして、子作りに励んでいるとアリーから聞いている。

すでに三人の男の子が生まれていて、三人の側室が妊娠中だ。

アリーと死んだドルチェの母親が正室だったが、正室はかなり以前に亡くなっている。伯爵はそれ以来、正室は置かず側室を増やしているそうだ。

アリーたちの母親に義理立てしているのかもしれないな。

「実は、国王陛下より書状が参ってな」

「国王から？」

それが俺になんの関係があるのだ？

「陛下は人族と和解した記念に、大規模な祭りを催すことにしたらしい。そこで、我がエイバス家にボルフ大森林の魔物の剥製を用意できないかと仰っているのだ」

「剥製？　そんなものを祭りで何に使うんだ？」

祭りなら露店などの出店だろ？

なんなら、俺が店を出してもいいぞ。祭りは嫌いじゃないからな。

「ボルフ大森林の奥地にいるような、レベルの高い魔物の剥製を祭りで飾ることで、このテンプルトン王国の武威を示そうと思っておいでなのだ」

「なるほどな。祭りと言っても国事だから、国の武力を見せつけようというのだな」

「その通りなのだ。ゴリアテたちもそれなりの魔物を倒せるが、陛下はヘルベアーやムスクレパードのような強力な魔物をご所望されておいでなのだ」

ヘルベアーはクマ型の魔物でレベル二百十、ムスクレパードは大きなネコでレベル二百三十。ゴリアテたちでは返り討ちにあうのが関の山だ。

しかし、国王も無茶苦茶なことを言ってくる。エイバス伯爵への嫌がらせか？

「そんな魔物は用意できないと、返事をすればいいだろ。どう考えても国王がアホすぎる」

「最初はそうしようと思ったのだが……」

「俺がいるから相談しようと思ったわけか」

「すまない……」

エイバス伯爵も国王の無茶振りに辟易しているようだ。

だが、相手は腐っても国王だから、貴族であるエイバス伯爵は簡単に断ることができないってところか。

国王をドッペル君に乗っ取らせるか？　いや、この程度のことなら、俺がちょっとボルフ大森林へいって狩ってくればいい。

他ならぬアリーの父親の頼みだから、そのくらいはしてやるか。そうすれば、エイバス伯爵は国王からの覚えもめでたいというところだな。

「分かった。俺が狩ってきてやる。ヘルベアーとムスクレパードでいいのだな？」

「本当か!?　助かる。この通りだ」

エイバス伯爵はソファーに座っているが、深々と頭を下げた。

「だが、今回だけだぞ。今後、こんな無茶苦茶なことを言ってきたら、きっぱりと断れよ」

「うむ、そうする。今回だけだ」


エイバス伯爵に頼まれたヘルベアーとムスクレパード狩りについて皆に説明すると、皆が呆れた。

「ツクルさん、引き受けていただいて、感謝の言葉もありません。今後はこのようなことがないように、父にはよく言っておきます」

アリーが深々と頭を下げてくる。別にアリーが頭を下げるようなことではないので、俺はアリーの肩に手をかけて頭を上げさせた。

「伯爵も好き好んで俺に頼んできたわけじゃないし、今回だけだ。構わない」

「ありがとうございます」

アリーが困ったような表情で、謝罪と感謝の意を伝えてくる。

「これは俺が納得して引き受けたことだから、アリーが気に病むことはない」


さっそく、ボルフ大森林へ向かう。

オークジャーキーを作るために、オークキングを狩りにきたのは記憶に新しい。

今回は俺一人できている。こんなことに皆を連れてきても楽しくないし、時間をかけるつもりもない。

「ヘルベアーの気配は……」

あっちだな。

このボルフ大森林に捨てられて、強くなるまでの間にヘルベアーには何度も殺されかけた。

毎回【解体】でバラバラにしていたので、肉とかならいくらでも【素材保管庫】に入っている。

だが、今回は剥製が作りたいということで、原形をとどめたまま傷の少ない死体が要る。

気配のほうへ向かうと、真っ黒な毛に覆われた巨体のヘルベアーが、何かの死体を喰らっていた。

相変わらずの食欲だが、あの巨体を維持するためには必要なことなのかもしれない。

このボルフ大森林はちょっと歩けば魔物に当たるくらい魔物の密度が濃い。ヘルベアーの食欲を支える獲物には事欠かない。

「ダークバインド」

食事をしているところを悪いが、これからお前は俺に狩られるのだ。

「グラァァァァァッ!?」

闇にまとわりつかれて、身動きが取れなくなったヘルベアーが咆哮をあげる。何しやがるんだ、この野郎！　とでも言っているのか。

しつこいようだが、今回は無傷のヘルベアーの死体が要る。【闇魔法】にはそういった時に便利な魔法がある。

「ライフドレイン」

まとわりついた闇が、ヘルベアーの生命力を吸い上げていく。

オース海洋王国で海賊たちに使った【木魔法】にも似たような魔法があるが、あっちは体の中に入りこんだ木が生命力を吸い上げるため干からびてしまうが、【闇魔法】のライフドレインはヘルベアーが干からびることなく生命力を奪っていく。

要人暗殺に使うなら、【闇魔法】のライフドレインのほうが証拠が残らないので、いいぞ。

まあ、俺は暗殺なんてする気はない。殺《や》るなら堂々とぶち殺す。

ヘルベアーの瞳から生気がなくなっていく。

十秒ほどでヘルベアーの動きはなくなり、二十秒もすると完全に生命活動が停止した。

「一丁あがり！」

【素材保管庫】にヘルベアーの死体を収納して、次はムスクレパードを探す。

ムスクレパードは元々絶対数が少なく、滅多に見ない魔物だ。

俺もこのボルフ大森林でそれなりに長く過ごしたが、数えられる数しか遭遇したことがない。

この世界に召喚されて初めて遭遇した魔物が、このムスクレパードだった。おかげで絶望を味わったつーの。

まあ、最初に出遭ったのがムスクレパードのおかげで、レベル成長の三段階目の限界突破ができたわけなんだが、あの死闘こそ俺の諦めない心の原点だと思う。

「ずいぶんと昔のことのように思えるな」

考えたら俺ももう二十歳だもんな……。

昔のことを思い出していたら、ムスクレパードの気配を感じた。

さっそく、その場所に向かった俺だったが、ムスクレパードは三体のシルフェリアと戦っていた。

シルフェリアは何もしなければ可愛らしくて愛嬌たっぷりの妖精のような容姿だが、戦闘時には頭全体が口かと思うほどの変貌を見せる。

その口のお化けのシルフェリア三体が、ムスクレパードに襲いかかっているのだ。

レベルはムスクレパードのほうが少し高いが大差はない。だから、一対一ならムスクレパードのほうが有利だが、三対一になるとムスクレパードのほうが不利のようだ。

ムスクレパードは体中から血を流して酷い有り様で、かなり苦しそうに荒い息をしている。

「うーん……このままではせっかく探したムスクレパードが食われてしまう。剥製にするのにあのボロボロの体では剥製にならないか……」

いや、待てよ！　そうか、そうだよな！

俺は地面を蹴って、一気にシルフェリアとムスクレパードの間に割って入った。

「「「キッシャッ!?」」」

「ガルッ!?」

目の前に俺が現れて、シルフェリアとムスクレパードは驚きの表情を見せる。

「まあ、待て。お互いに落ち着け」

両手を広げて落ち着くように言うが、魔物相手に何を言っているのか自分でも不思議に思ってしまう。

「「「キッシャッシャッ」」」

三体のシルフェリアが俺に襲いかかってくる。血の気が多い奴らだ。

「ダークバインド」

「「「キッシャーーーッシャッ」」」

シルフェリアたちをダークバインドで拘束すると、闇を食い千切ろうと暴れる。普段の見た目とのギャップが激しい光景だ。

考えたら、シルフェリアもレベル二百オーバーの高レベル魔物だから、剥製にするか。

「さて、お前だが……」

傷だらけのムスクレパードを見ると、ムスクレパードはかなり警戒して鼻筋にシワをよせて俺を威嚇してくる。

「ガルルゥゥゥ」

弱り切っているため、威嚇の声が弱々しい。

そこで俺はムスクレパード顎をがしっと掴んで、口の中に焼き肉を放り込んだ。

「ガルッ!?」

俺の焼き肉を食った以上、その程度の怪我など一瞬で治る。

ムスクレパードは完全復活した自分に驚いているようで、面白い動きをしながら全身を確認する。

「完治したところ悪いが、死んでくれ。ダークバインド」

「ガル？」

ムスクレパードを闇が包む。

剥製のために魔物を狩るというのは、どうも気が引ける。

これまでの俺は生きていくためとレベルを上げるため、そして食うために魔物を狩ってきたが、こんなくだらない理由で魔物を狩ることになるとは思ってもいなかった。

「さっさと片づけて帰ろう……」

ライフドレインを発動させてシルフェリアたちとムスクレパードの命を吸い上げていく。

二十秒もすれば、無傷の四体の死体が手に入る。

「……はあ、しょうもな。帰ろっと」

▼▼▼

エイバス伯爵の屋敷で、ヘルベアーとムスクレパードの死体を渡す。剥製にするのは、伯爵のほうでやるというので、俺の仕事はここまでだ。

あ、そうそう。シルフェリアも渡しておいた。おまけだ。

自分の屋敷に戻って妻たちとゆっくりしようと思ったが、ふとあることを思いついた。

「そうだ。温泉にいこうか」

「温泉！　いいね、いきたい！」

すぐに反応したのは一ノ瀬だ。嬉しそうにニコッとほほ笑む。俺の妻は可愛いな。

この世界で生まれた他の妻たちも、日本の文化を勉強しているので温泉のことは知っているはずだ。

「温泉というと、お風呂のことですよね？」

「そうだぞ、アリー。温泉は風呂よりも気持ちがいいんだ」

「それは是非入ってみたいです」

アリーがほほ笑むと、俺も心が和む。

どうせヒルメさんに会って、召喚施設のことを聞く必要があるのだから、伊勢周辺の温泉でいいよな。

そう言えば、伊勢神宮のある三重県ではないが、岐阜県には下呂温泉があったよな？　伊勢神宮のある三重県と岐阜県は隣の県だから下呂温泉にいこうかな。

たしか、下呂温泉は日本三名泉だったはずだから、一度行ってみてもいいだろう。

そんなわけでやってきました日本の伊勢神宮！

ヒルメさんに召喚施設のことを聞いてから、下呂温泉で湯治としゃれこみますか！

皇大神宮に参拝すると、一瞬の浮遊感があってあの四阿《あずまや》のそばに立っていた。

天照大御神であるヒルメさんは、すでに四阿の中にいて俺を手招きしている。

俺が席に座るといつもの人がお茶を置いていく。相変わらず気配が読めない。

この空間では俺の能力が制限されている。そんな気がするが、不快感はまったく感じない。不思議な空間だ。

「今日、ここにきた理由は分かるよな？」

「ええ、存じていますよ」

ヒルメさんはニコリとほほ笑んだが、それは一瞬のことで表情が曇った。

「あの召喚施設の件、どうなっているんだ？　ヒルメさんの仕業か？」

「残念ながら召喚施設を奪ったり破壊したり、ましてや移動させることは、私にはできません」

「つまりだ、向こうの世界の誰かがまだ召喚施設を保持しているということか」

「そうなります」

困ったことに、その誰かを突き止める情報が全くない。

最後の一つだというのに、見つけるのにここまで苦労するとは思ってもいなかった。

「心当たりはないのか？」

「あればツクルさんに教えています」

「これはかなり長丁場を覚悟しなければならないようだ」

「お手数をおかけします」

俺に軽く頭を下げてくる。

「ヒルメさんには歩の件で世話になっている。感謝をしているし、手伝いもしている。だが、俺が生きている間に見つからない可能性もあるぞ」

全く情報がない以上、最後の召喚施設を発見できる保障はない。

「その時はその時で、他の対策を考えます」

「まあ、ひょんなことで見つかるかもしれないし、期待せずに待っていてくれ」

「はい、そうします」

ヒルメさんがお茶に口をつけたので、俺もお茶を飲む。相変わらずこのお茶は至高の味だな。


ヒルメさんと会った後は、下呂温泉へ向かう前に食べ歩きをしようと思う。

まずは伊勢名物の伊勢うどんをたべよう。名古屋の味噌煮込みうどんはかなり硬い麺だったが、この伊勢うどんは麺が太くてとても柔らかく、色と味が濃い醤油ベースのタレをかけたうどんだ。

「いくらでも入っていくのです～♪」

カナンが十杯目の伊勢うどんを食べ終わった。まだ食べそうな勢いだが、ここでストップをかける。

「次は松坂に松坂牛を食べにいくんだろ？」

「大丈夫です。伊勢うどんは食前酒のようにつるっといけますので！」

改めてカナンの大食いはすごいと思ったが、周囲を見るとカナンのことを知らない人たちが呆気に取られていた。


松坂で焼き肉屋に入って、上カルビ、上ロース、ハラミ、牛タン、ホルモンなどおよそ五十人前を一人で平らげたカナンは満足そうに腹をさすっている。

カナンの大食いを知っている俺でも口を開けて見ていたほどの食いっぷりだった。

ちなみに、以前入った松坂牛の名店にはいかなかった。あの時は剣呑な雰囲気になってしまったので、行きづらい。


近鉄特急で名古屋までいき、名古屋からJRの特急に乗って小坂という駅まで向かう。

そこからは空飛ぶ魔法の絨毯でひょいっとひとっ飛びと思ったが、空飛ぶ魔法の絨毯は使わずにタクシーで移動した。

山の中にある温泉なので、長閑な風景が続く。森林浴ができそうないい感じの山の中だ。

ネットで調べたら炭酸泉というのがあるらしく、俺たちはその温泉に入りにいこうと思っている。

旅館に到着するとさっそくその炭酸泉に入る。

泡が皮膚にまとわりついて、なかなか気持ちのいい温泉だ。

この炭酸泉の効能は色々あるけど、まずは肌にいいらしい。なんでも重曹成分がお肌の洗浄によくて、天然のクレンジング効果が期待できるのだとか。


だから美人の湯とかなんとか……。

「ご主人様～。カナンの肌がすべすべです～♪」

「ハンナの肌もすべすべです。ご主人様」

「うふふ、私も肌がしっとりしてすべすべですよ、ツクル」

「ツクルさん。とても肌の調子がいいです」

「ツクル君。こんなにもすべすべだよ」

「「「「触ってみてください（です～）」」」」

妻たちが浴衣を着崩して迫ってくる。

▼▼▼

「…………」

翌朝、重い体を起こす。おかしいな、温泉で疲労回復をはかったのに、なぜか疲れが溜まっている……。

乱れに乱れて疲れ切って寝ている妻たちを起こさず、窓のそばにある椅子に座って外を見る。

日本庭園では味わえない自然豊かな風景が目を楽しませてくれる。

朝食を食べたら、周辺を散策することにした。

宿の仲居さんに聞いたらこの小坂という地区は滝が二百もあって観光名所になっていると教えてくれた。宿のそばには有名な滝が三つあるとかで、その三つを見にいくことにした。

山間の舗装もされていない砂利道をいくと、『唐谷滝・あかがねとよ』という看板があって、降りていく。

『あかがねとよ』という滝は、落差十四メートルのやや斜めに落ちる滝だ。どうも、名前にある『あかがね』というのは銅のように苔むしているという意味で、『とよ』というのは雨どいのことらしい。

たしかに雨どいのようなU字から滝が流れ落ちてくる。

また、『あかがね』に表されるように、滝の周囲の苔が風情があっていい。

『唐谷滝』という滝は落差十五メートルで、激しく水が流れ落ちる様がなかなかいい。ドーム状になっている溶岩が水の落ちる音を響かせて迫力を醸し出している。

『三ツ滝』という滝は、先の二つの滝からやや離れた場所にあって、『三ツ滝』にいくまでの遊歩道が整備されている。

色々な角度から滝を見ることができ、かなり近くへいけるこの『三ツ滝』はちょっとしたハイキングにいいかもしれない。

他の二つに比べて『三ツ滝』は下段、中段、上段の迫力ある三つの滝が観察できる。だが、俺は苔がびっしりと生えた溶岩の壁の『あかがねとよ』がいいかな。あの光景を見ていると、なんだか心が落ち着く。


「ツクル君、楽しかったね」

「一ノ瀬は昔からこういう自然の中が好きだったな」

「うん。なんだか心が落ち着くの」

一ノ瀬は苦手な死霊族との戦いの後なので、温泉と自然を満喫してリフレッシュしたよい顔をしている。

「こういった自然はボルフ大森林にもありますよ？」

「アンティア、ボルフ大森林は自然の規模が大きすぎて、人間には厳しい環境なんだよ」

あそこには人間など一瞬で殺して喰らう魔物が闊歩していて、とても自然を満喫することなどできない。

もっとも、魔物より俺たちのほうが圧倒的に強いので俺たちには当てはまらないけど、常に魔物の接近に警戒をしなくてはいけないのは面倒だ。

「そういうものですか？」

「ボルフ大森林に住み着いているエルフには分からないと思うけど、そういうものなんだ」

心身ともにリフレッシュした俺たちはアルグリアの屋敷に戻った。

すると、屋敷でイスラフェルが俺を待ち構えていた。

イスラフェルの報告では、人族の国に配置していたドッペルゲンガー《ドッペル君》を何者かが排除しているというものだった。

「つまり、現在はオース海洋王国、エンゲルス連合国、テレサ法皇国の三カ国しかドッペル君がいないのか？」

「元々十五カ国の旧人族至上主義の国のうち八カ国からは配下を完全に撤退させていましたが、残っていた七カ国のうちから四カ国は何者かによって配下たちが完全に排除されております」

クソジジィを追放し、旧人族至上主義の国にドッペル君を置く必要性がなくなり、段階的にドッペル君を引き上げさせていた。あと半年もすれば、七カ国からも完全に撤退させたのに、なぜ今になってドッペル君を排除するんだ？

そもそもノーマルの人族ではドッペル君を排除するだけの力はないし、オールド種も数を揃えれば別だがドッペル君を排除する力はない。

「人族のオールド種が動いているのか？」

「いいえ、オールド種であれば、その動きを把握することは難しくないはずですが、今回の敵はまったく尻尾を掴ませません」

「他の種族が関わっている可能性がある……のか？」

「考えに入れておくべきかと」

せっかく人間同士が戦うことがなくなって平和になったのに、どこのどいつがドッペル君を排除しているんだ？

平和がいいとは言わないが、少しは静かにしてもらいたいものだ。

「相手が誰であろうとドッペル君を排除するということは、俺に喧嘩を売ってきたということだ。放置するわけにはいかない」

だが、相手の正体が分からないでは、話にならない。

「ベーゼ」

「ここに」

目の前にヌーッと現れたベーゼは、相変わらず低音の渋い声だ。

「残った三カ国のドッペル君の周囲を見張れ。ドッペル君を排除している奴の正体と拠点を探るのだ」

「承知しました」

空間に消えていくベーゼを見送って、俺はイスラフェルを見る。

「イスラフェルは残っているドッペル君と連絡を密にするんだ。それと、ドッペル君を引き上げた国と排除された国の動向を探れ」

「はっ！」

イスラフェルも下がっていく。俺の周りには、なんでふざけた奴が現れるのか？

「ツクルさん、話は聞かせていただきました。私たちに手伝えることはありますか？」

アリーたちが俺を見つめてくる。

そうだな、皆で手分けして敵対者を見つけるのがいいか。

「それだったら、まだ手出しされていない三カ国を手分けして見張ってくれるかな？」

「そのくらいのことでしたら、協力させてもらいます。ねえ、皆さん」

アリーの言葉に全員が頷いてくれた。

「俺はオース海洋王国を見張るから、カナンとハンナはエンゲルス連合国、サーニャとアンティアと一ノ瀬はテレサ法皇国、アリーはここで皆の情報を集約してくれ」

「「「「「はい！（です～）」」」」」

俺は全員に念話を付与する。これで遠く離れていても会話ができる。

ただし、念話は一対一でしか会話ができないので、情報はアリーに全部集約することにした。

俺はさっそくオース海洋王国に飛んだ。

今回はカナンに送ってもらい、帰る時は転移ゲートを使おうと思っている。

団長のところに寄って、俺を国王の護衛にどうかと売り込んだ。

「冒険者のタロー殿を護衛か……」

ノリのいい団長でも、冒険者の俺を国王の護衛になんて了承するわけがない。

そこで俺は一芝居をうった。

「騎士団長！」

騎士が団長の部屋に駆け込んできた。

「何事だ!?」

「へ、へ、陛下がお越しです！」

「なんだと!?」

そこへ国王が登場する。

国王は白髪に白い髭を蓄えた長身の人物だ。

「陛下！」

団長が国王の前に跪くので、俺も同じように跪いた。

「城下の視察に向かう。目立たぬように護衛の者を数人にしたい」

「そ、それは!?」

そう、この国王はドッペル君であり、俺が国王の身近にいても不自然じゃないような理由づけをしているのだ。

「それなら俺が護衛しよう」

「た、タロー殿!?」

団長が慌てて俺を制止する。

「その方、何者か？」

団長を無視してドッペル君扮する国王が俺に声をかけてくるので、俺も返事をする。

「冒険者のタローと言うものです」

「うむ、その方に護衛を命じる」

「陛下、お待ちを！」

団長が食い下がってなんとか俺の他に三人の護衛を連れていくことになった。その中には団長もいるが、お前たち鎧を脱げ！

国王は城下の視察をするのに、目立たないようにと言ったんだぞ。なんで騎士団のお揃いの鎧を着てくるんだよ？

そんなことでは、国王が要人だってすぐにバレてしまうぞ。まったく、そんなことも分からないのかよ。

まあ、正体不明の敵が国王を乗っ取ったドッペル君を襲ってくれれば、俺的には面倒が少なくて済んで助かるんだが。

「おい、団長」

「どうした、タロー殿」

「俺たちをつけてくる奴らがいるぞ」

宮殿を出て三十分くらいすると、俺たちの後をつけてくるやつが現れた。

気配からすると町のゴロツキで、ちょっと身なりのいい国王一行をカモだと思ったんだろうな。

「何⁉」

団長は俺の言葉を聞いて振り返った。

「お前は素人か！」

団長の頭を叩く。

「あ、すまない……」

「まあいい。今のでそいつらはつけてくるのを諦めたようだ。なかなか決断力がある奴らだな」

団長の他に二人の騎士が護衛についているが、その二人は苦笑して団長を見ている。


さらにしばらく歩いて町中を視察していると、再び俺たちをつけてくる気配があった。

気配からすると先ほどの奴らのようだが、ずっとつけられていたわけではなく、俺たちを偶然見つけてまたつけてきたようだ。

先ほどは四人の気配がほぼ一塊りでつけてきたが、今回は一番気配を消すのが上手い奴が一人、その後方に三人がついてくる。団長の行動がゴロツキを警戒させてしまったようだが、大した問題ではない。

「おい、団長」

「どうした？」

「今度は振り向くなよ」

「……承知」

「さっきと同じ奴らがつけてくる」

「了解した。それでどうする？」

「襲われたらぶちのめす。そうじゃなければ、放置でいいと思うが？」

「む、そうか……。分かった」

団長はちょっと不満のようだ。

「国王の警護が今回のミッションだ。ゴロツキを捕まえるのは別の機会の時にするんだな」

「分かっている」


国王の視察は二時間ほど行われて、無事に宮殿に戻った。

俺たちが貴族街に入ると、つけてきたゴロツキたちは諦めたようだ。

団長は国王の前でいいところを見せられると、ゴロツキの襲撃を少し期待していたようだが、それって家臣としてそれはどうなんだと思ってしまう。

まあ、オース海洋王国は人族至上主義を掲げていた当時、他の種族たちとやり合っていた戦場から遠いこともあって、比較的平和な国だったから、どうしても平和ボケしているところがある。

しかし、今回の視察でドッペル君を排除している奴は現れなかった。

他のドッペル君のところにも、今のところ敵は現れていないとアリーから報告があった。

あと三カ国なのに、敵が足踏みをしている。おそらく俺が動いたことが原因なんだろうが、それは敵に俺の動きが掴まれているということだ。

「どういうことだ？　なぜ俺の動きが漏れる？」

カナン、ハンナ、サーニャ、アンティア、一ノ瀬、アリーの六人と、ベーゼとイスラフェルといった眷属しか俺の動きは知らない。

カナンたち六人が俺の情報を漏らすとは思えないし、眷属も同じだ。だったら、なぜ……？

そもそも眷属は俺に敵対することができないので、敵に与することができない。

分からないことだらけだが、世の中俺の思い通りにならないほうが多いと思って地道な犯人捜しをするしかない。


「待たせてすまないな、タロー殿」

「いや、構わない」

団長の部屋のソファーで寛いでいたら、団長が部屋に入ってきた。

「陛下より、正式にタロー殿を護衛に任命するとの命があった。これは任命書だ」

差し出された紙を受け取る。

面倒なことだが、こういうことも形式上必要なのが国王という存在らしい。

「正直言って助かった」

「ん？　なんでだ？」

団長が困ったような顔をして、語り出した。

「現在、我がオース海洋王国では、多くの者が行方不明になっているのだ」

「ん？　行方不明？」

「そうだ。この王都だけでもすでに二十人ほどがこの一カ月で行方不明になっている。国内だと報告があったものだけで二百人近い数になる」

ほう、それだけ大規模な拉致をするとなると、それなりの奴が絡んでいる……。まさか、ドッペル君を排除している奴と同じなのか？

いや、ドッペル君は消滅させられたとイスラフェルは言っていた。行方不明では話のつじつまが合わない。

「そのおかげで騎士団は日夜見回りを強化しているので、人手が足りないのだ」

「そこに俺がきて国王の護衛というわけか？　国王はその行方不明のことを知っているのか？」

「いや、陛下に巷の些細なことなど報告していない。だが、これ以上被害が多くなると、報告せざるを得ないだろう」

「ずいぶんと呑気なことだな」

「そう言わないでくれ」

しかし、偶然で片づけるにはタイミングがよすぎる拉致事件が起きている。

団長と話した後、国王の護衛に向かう途中でアリーに拉致事件のことを【念話】で伝えた。

『たしかに、タイミングがよいですね。カナンさんたちにも確認してみます』

『頼む』

国王の護衛のため宮殿内に入ったが、本当に豪華な宮殿だ。

外側はタージマハールだが、中は西欧風の豪華な造りになっている。俺は建物のことはよく分からないが、これだけ豪華な宮殿を建てたオース海洋王国の財力はかなりのものだと思う。

白髪髭面の国王が待つ執務室に入る。そこには国王と護衛として五人の騎士がいた。

騎士のメンツを見ると、五人とも貴族のボンボンのようで能力もレベルも大したことない。だが、貴族のボンボンだけあって、冒険者のタローである俺への侮蔑の眼差しを向けてくる。

まあ、こいつらには用はないので構わないが、俺の邪魔をするようならそれなりの恐怖を味わってもらおう。

『ツクルさん、今よろしいですか?』

『構わない』

『カナンさんたちが向かわれた、エンゲルス連合国とテレサ法皇国でも行方不明者が多く出ているそうです。これは偶然ではなく、何かよからぬことが起きていると考えるべきだと思います』

他の国でも同じことが起きているか。どんなことが起きるのか、起きてみなければ分からない。

きっとろくでもないことなんだろうが、そのことは俺にも大きく関わってくることだろう。それは、ドッペル君を排除していることからも分かることだ。

『カナンたちには、引き続き見張りを頼むと言っておいてくれ』

『分かりました』

『アリーにも苦労をかけるが、よろしく頼む』

『いえ、私はツクルさんのお手伝いができるだけで嬉しいのです。好きでやっているのですから、そのような言葉は不要ですよ』

いい妻を持った。そう実感する。


翌日、国王の護衛のために宮殿へ向かうと、騎士たちが俺の前に立ちはだかった。

見れば、昨日の国王の護衛をしていた五人のうちの三人だ。

その目には俺への敵意がありありと浮かんでいて、本当に分かりやすい奴らである。

「なんだ、お前たちは」

「貴様のような、どこの馬の骨かも分からぬ者が宮殿に出入りするだけでも不快だ。今すぐこの宮殿を出ていくんだな」

「ふむ、お前たちは国王よりも偉いのか？」

「何を言っているんだ、この下賤の者は？　国王陛下よりも偉いかだと？　これだから下賤の者は！」

下賤の者を連呼すればいいと思っているのか、それとも語彙力がないのか、こいつらはまともな返答をしないな。

「答えになっていないぞ。頭が悪いのか、お前たちは？」

「「「なっ⁉」」」

「下賤の者が言ったな！」

国王の護衛ということもあって、この三人は宮殿内でも帯剣しているのだが、三人がその剣に手をかけた。

「ほう、剣を抜くか？　抜いたら最後、後には退けないぞ」

三人は俺の挑発に戸惑いを見せたが、剣を抜いた。


こいつらは親の七光りで騎士団に入った奴らだ。剣の扱いなんてろくに知らないし、人を切ったこともない。

もっと言うなら生死の境を彷徨ったこともないので、剣がどれほど恐ろしいものかも知らない。そして、こういった国王のいる宮殿内で剣を抜くことが、どういう意味を持つかさえ理解できないアホだ。

剣は国王を守る時のみに抜くことが許されていて、宮殿で軽々しく剣を抜いたらそれだけで処罰の対象になる。しかも、かなり重い罪だ。

俺が国王の護衛になる時、団長にくれぐれも気をつけろと言われているようなことなのに、こいつらが知らないわけがない。

この世界には貴族という制度が根強くある。このオース海洋王国もそうだ。

そして貴族は自分たちが特別な存在だと勘違いしているアホが多いのも事実だ。

貴族が裕福な生活ができるのは、貴族としての責任を果たしていればこそであって、貴族だからではない。

戦争があれば、真っ先に命を投げ出し、災害があれば借金をしてでも復興させる。そういった気概のないクズ貴族が多すぎる。

三人の後ろに回り込んで、手刀を首に当て気絶させる。宮殿の廊下で剣を抜いたまま白目を剥いて気絶しているこいつらは、今後騎士としてやっていけないだろう。

あとは国王のドッペル君に処罰を任せて俺は何もなかったように振る舞う。

▼▼▼

あれから一カ月が過ぎたが、何も起こらない。拉致も鳴りを潜めてしまい、何も手がかりがない。

他の国も同じで、まるで嵐の前の静けさのようで不気味だ。

あ、あと俺に剣を向けてきた三人の騎士は斬首になって、その家は潰されている。

三人は俺に剣を向けたとは言えずに賊がいたと言いわけをしていたが、賊が入った形跡はなく目撃者のドッペル君（国王ではない）もいたことですぐに嘘がばれてしまった。

別に俺が死刑にしろと命じたわけでも言ったわけでもない。国王《ドッペル君》が法律に則って処罰したにすぎないのだ。

三人の行動によって、宮殿内で帯剣を許されている意味の重さを騎士たちは再認識したことだろう。

まあ、こんなことはどうでもいいのだが。


見つからない召喚施設。見つからない敵対者。そして拉致事件。

拉致事件については、敵対者に関係がある可能性は否定できない。

拉致事件はドッペル君が支配している三カ国だけでも数千になり、他の人族の国々でも確認されているものを含めれば数万人規模になっている。

嫌な予感がする。だが、今は何も分かっていないのが実情なので、どういった行動をとればいいか分からない。

とにかく、召喚施設と敵対者の捜索に力を注ぐしか、今は対策の打ちようがない。

こういった受け身なのは性に合わないが、今は我慢のしどころだと思っている。

アリーが【念話】してきた。

『ツクルさん。考えたのですが、ドッペルゲンガーたちが排除された国々に、もう一度ドッペルゲンガーを送り込むことは可能ですか？』

『ん、ドッペル君を送るのは可能だと思うぞ、アリー』

『では、今度は派手にドッペルゲンガーを送って、敵対者の動きを探りましょう』

『ドッペル君を囮にするわけか』

『ドッペルゲンガーには申しわけないのですが、餌を多くしたほうが敵対者を誘き出しやすいと思いまして』

『ふむ……。分かった、アリーの案を試してみよう』

『ありがとうございます』


俺はさっそくイスラフェルに各国に、それぞれ百人規模のドッペル君を送り込むように命じた。

俺もルク・サンデール王国に向かい、敵対者の襲来を待ち構える。

だが、俺がルク・サンデール王国へ移動した瞬間、オース海洋王国のドッペル君が排除されてしまった。

やはり俺の動きが敵に漏れている。いったいどこからだ？

いや、これは見られているのか？　俺たちの行動を見張っている奴がいる。しかも、俺たちに気づかれることなく俺たちの行動を監視している奴がいるんだ。

だが、どうやって……？　自慢じゃないが、監視されていたら俺たちにも分かるはずだ。まさか、俺たちの感知に引っかからないほどの隠密能力を持った奴がいるのか？

「クソッ。さっぱり分からない」

004 神々の怒り

岩で覆われた閉鎖空間に十数万もの人族が集められた。

人族だけに意味があるのかは分からないが、獣人やエルフ、ドワーフなど他の種族は含まれていない。全て人族である。

彼らは自らの意思でこの空間にきたわけではなく、気づいたらこの空間にいたのである。

「ここはどこだ？　なんだよ、これ？」

「私はなんでこんなところに!?」

「なんだよ、お前ら!?　俺をどうするつもりだ!?」

「誰か助けて……」

岩に囲まれた閉鎖空間なのでどこにも出入口はない。なのに、彼らはここにいる。

老若男女に関係なく、ここにいる誰もが恐怖し、泣きわめき、絶望する。

最初にこの空間に現れた人たちは、すでに十日以上ここに閉じ込められている。

閉鎖空間なので太陽の日も入らないため、あくまでも体感的な時間の感覚でしかないが。

「俺たち、どうなってしまうんだろうか？」

「お腹は空かないけど……皆に会いたい……」

十日もたつと諦めしかなく、今日ここへきた人々が騒いでいるのを横目にじっと座っている。


また誰かが送られてきた。

ここの場所にきた者は、いきなり姿を現すのだ。

最初は気を失っているため泣き叫ぶことはないが、気がつけば騒ぐのが定番である。

床が光り出す。また誰かが送られてきたのかと思うだけで、興味はない。

だが、今回の光は何かがおかしい。

普通なら半径二メートルほどの魔法陣がいくつも現れ、光の中から人が出てくる。だが、今回は魔法陣がどんどん大きくなっていき、岩で囲まれたこの空間全体に広がっていく。

「な、なんなの？」

「何が起きているんだ!?」

幾何学模様があることから、魔法陣であることは間違いない。

だが、今までの魔法陣とは明らかに規模が違う。

人々が戸惑い、人をかき分けて魔法陣の外に出ようとする者も現れるが、魔法陣はこの閉鎖空間全てにいき渡る。

人々は魔法陣の光に飲み込まれていくが、この光は危険だと誰もが感じた。

光に包まれてから、体の力がどんどん抜けていく。

あまりにも唐突のことで、いや、ここに拉致されたこと自体が唐突なのだが、人々は逃げる場所もなく、ただ光に命の火が吸われていく感覚に包まれる。

「だ、ダメだ。この光は……」

「ああ……。命が……」

「止めて。私は……死にたくない……」

岩の閉鎖空間が魔法陣の眩い光に包まれ、人々の姿が見えなくなっていく。

人々の絶望と共に命の火が消えていく。

「これは……そうか……」

誰かが命の火を吸われながら悟った表情をする。

「私たちは……」

「ゆう……しゃ……の」

「いけ……にえ……」

完全に人々の姿が光に包まれ視認できなくなる。

これは勇者召喚の光。

過去最大級の勇者召喚。

そのためには十数万の人々の命が必要だった。

たったそれだけの理由のために、人々はここに集められた。

そして、その命の力で多くの勇者を召喚する。

勇者召喚の魔法陣が発動したということは、別の世界の者が勇者として召喚されるということである。

それはつまり……。

▼
▼
▼

「っ!?」

穏やかにお茶を楽しんでいたヒルメが、手に持っていた器を落とし立ち上がった。

「大日女尊《おおひるめのみこと》様!?」

ヒルメは苦い表情をし、拳を握り込む。

「これは……」

「大日女尊様、この力は」

「過去になかった大きな力です。これは……すぐに皆を集めてください。今度ばかりはマズいことになりそうです！」

「はい！」

いつもツクルにお茶を淹れてくれる豊受大御神《とようけのおおみかみ》が姿を消す。

「くっ、再び我らの子らを異界へと連れ去ろうというの⁉　しかも、これだけの数の人々を……」

今回だけは日本の神々だけでは対処しきれない。そう感じたヒルメは、四阿を出て数歩進んだところでその姿が消えた。


ヒルメが再び姿を現した場所は……。


暖かな日差しが草原を照らす。

そんな草原の中に、不自然に切り立った山がある。

その山の上にはまるでオリンポスの神々が住まうような神殿があった。

「きたか、ヒルメ！」

ヒルメを出迎えたのは、白い布を纏った西欧系の顔をした逞しい体つきの男性である。

淡い金色の髪と顔中を覆う髭、身長も高く胸板も厚い。

その笑顔は女好きからくるもので、非常に分かりやすい性格の人物だ。

「お久しぶりです、ゼウス殿」

「おう、いつ以来だ？」

ゼウス。オリンポスの守護神にして支配神、天空神にして神々と人々の父である。

そのゼウスが持つ槍とも杖とも見える雷霆《ケラウノス》は、かつて宇宙を焼いたとさえ言われる絶大な力を秘めた武器である。

惑星さえ小さく見える最強の怪物テューポーンとの戦いの時も、この雷霆《ケラウノス》と共に戦ったゼウスは、片時も雷霆《ケラウノス》を離さないと聞く。

「以前お会いしたのは、ガイア殿と和睦した時でしょうか？」

「ふんっ、今回のこともあ奴めの仕業ではないのか」

ガイアの名を聞いたゼウスはあからさまに嫌そうな表情をした。

女好きで有名なゼウスは、ヒルメは歓迎してもガイアは歓迎しないようだ。

ガイアはゼウスの父であるクロノスを産んだ神だが、ゼウスが神々の支配を確立するために神々と激しく争った時、最後の大きな戦いをした相手である。

ガイアのあり様は森羅万象に宿る日本の神々と共通した部分があり、ヒルメもガイアとはそれなりの誼《ぎ》を通じている。だからと言ってゼウスと敵対はしていない。

日本の八百万の神々はギリシャの神々とは不戦の間柄なのだ。

「今回のことにガイア殿が関わっていないのは、ゼウス殿もご存じだと思いますが？」

「分かっている。言ってみただけだ。それよりも、今度下界へ降りてデートでもしないか？　美味しいケーキを出す、いい店を知っているんだ」

「お誘いはありがたいですが、今はそのようなことを言っている場合ではないと思いますよ」

「相変わらずヒルメは固いなぁ」

地球から大量の人々が異世界へ召喚されているこの時に、ナンパをするゼウスのほうがどうかしているのではとヒルメは思うのだが、ヒルメは柔らかな笑みを崩すことはない。

ヒルメとゼウスが話をしているところに、何かが太陽光を遮った。

上空には白い鳥が飛んでおり、そこから何かが飛び降りた。

轟音と土煙を上げて着地したそれは、髭面の四つの顔と四本腕を持っている異形の人物であった。

「よう、久しぶりだな、二人とも」

四つの顔の口が同時に開かれるが、聞こえる声は一つである。

どの口も声を発しているのに、声が一つしかないのだから完全にシンクロしているのが分かる。

「ブラフマーか、せっかくヒルメと二人っきりでしっぽりといこうと思っていたのに、邪魔するんじゃねぇよ」

ブラフマーはヒンドゥー教の神であり、トリムルティ（三柱の最高神）の一柱である。トリムルティの他の二柱であるヴィシュヌとシヴァ同様、重要な神として知られている。

ブラフマーは宇宙と生物を創造した創造神であり、宇宙を焼いたゼウスとはやや不仲である。

「相変わらずだな。だが、ヒルメがゼウスを相手にするとは思えないがな。くくく」

四つの口から紡がれる言葉に、ゼウス《お前》が殺気を放つ。

その殺気はブラフマーであれば耐えられるが、そこに普通の人がいたなら瞬時に昇天するほどのものである。

「ブラフマー殿、お久しぶりですね」

「おう、ヒルメは相変わらず美しいな」

「あら、お上手ですね。うふふふ」

「ぐぬぬぬぬ」

「ゼウス、何を唸っているんだ。とうとう犬にでもなったか？　はーっはははは」

「貴様、言わせておけば！」

「言ったらなんだ？」

ゼウスとブラフマーは睨み合い、その間には雷となった殺気が飛び交っている。

基本的に、ゼウスとブラフマーはお互いに神々を背負っている立場のため、相いれないのだ。

それでも信仰されている地域（本拠地）が違うこともあって、お互いに干渉し合わない関係である。

だが、一時期、大航海時代の頃、ヨーロッパの国々がアジア方面に進出して、かなり険悪な状態になったことがある。

その時はなんとか戦いを避けたが、ブラフマーのヒンドゥー教の拠点であるインドが植民地にされたことで遺恨が残っているのだ。

元々仲がいいわけではないこの二柱は、それ以来さらに険悪になっている。

「お二人とも、今はそのようなことをしている場合ではありませんよ」

ゼウスとブラフマーはヒルメの言葉によって殺気を飛ばし合うことは止めたが、お互い目を合わせない。


今回、この三柱がこの場に集まったのは、この地球の人々が異世界へ召喚され、そして時空壁に開けられた穴の修復についてである。

しかも今回は一部の地域からではなく、この地球全体から多くの人々が拉致されたため、時空壁に巨大な穴が開き、今までのようにそれぞれの地域の神が修復するだけでは済まないということだ。

今回の召喚によって拉致された人々の数はざっと一万五千人。

これだけの人々が拉致されることは今までなく、時空壁へのダメージも深刻なものになっている。


「修復には時間がかかるし、俺たちの神力もかなり消費される。今回ばかりは堪忍袋の緒が切れたぜ」

ゼウスが顔を真っ赤にして石のテーブルを叩きつけると、テーブルが音を立てて崩壊した。

「落ち着け。無駄な力を使うくらいなら、時空壁を修復しろ」

ブラフマーの言葉にゼウスは「チッ」と舌打ちをし、腕を一振りしてテーブルを修復した。

「この度の召喚は度が過ぎています。我ら八百万の神としても、看過できるものではありません。時空壁の修復だけで済ませる気はありませんが、ゼウス殿とブラフマー殿の意見をお聞かせください」

ヒルメの顔は笑っているが、その笑いは底冷えのしそうなものである。

ヒルメが怒りを感じているのは、ゼウスとブラフマーにも分かることだ。これ以上ヒルメの機嫌が悪くなる前に三柱が集まった問題について話し合ったほうがいいと、二柱は冷や汗を流しながら思った。

「本来だったら、俺たちは異界へ手出しはできないが、ここまでやられたら黙っているわけにはいかねぇな」

ゼウスは雷霆《ケラウノス》を強く握りしめ、召喚を行った存在を睨みつけるように虚空を見つめる。

「ゼウス《貴様》と同じ意見なのは癪だが、俺も黙っているつもりはないぜ」

ブラフマーもまた召喚を行った存在を許す気はなく、三本の手に持った水の器、数珠、杓を弄ぶ。

「そうですか。でしたら、私に伝手があります。任せていただけないでしょうか？」

「伝手だと？　ヒルメ、いつ異界に伝手なんか作った？　まさか男ではないだろうな!?」

「ヒルメは俺やゼウス《こいつ》よりも引きこもりだったはずだぞ。いつの間に？」

「うふふふ。それは秘密ですよ。と言いたいところですが、此度はお二方にも手を貸していただかないといけません。よろしいですね？」

「おう、今回は特別だ。いくらでも手を貸すぜ」

「俺もこの四本の手でよければ貸すぞ」

ヒルメはゼウスとブラフマーの言質を取ったことで満足し、今日一番の笑みを漏らす。

▼▼▼

足元をすくわれ、一向に敵対者の影さえ掴めない。

俺はこんなにも無力だったのかと、かなり凹む。

俺やカナンたちが少しでも目を離すと、再びドッペル君たちは排除されてしまう。

こんなことをしていてもダメだと思って、全ドッペル君を引き上げさせることも考えた。

だが、ここで退いたら俺たちが負けたようでめちゃくちゃ気分が悪い。

だったら逆に敵対者への嫌がらせとばかりに、排除されたそばからドッペル君を補充していった。

そして、そのドッペル君にあるスキルを与えることにした。


「主様。我が眷属を排除している者は、どうも人族でも他の種族でもなさそうです。これをご覧ください」

ドッペル君に与えたスキルは、ドッペル君が持っている記憶をイスラフェルへ送る【記録転送】というものだ。

その【記録転送】でドッペル君の記憶を受け取ったイスラフェルが、俺に記憶を見せてきた。

「………」

ぼんやりとした何かが、一瞬でドッペル君を飲み込む光景が映し出される。

これまでこんな奴は見たことない。近いと言えば死霊族のゴースト系かなとも思うが、ドッペル君の記憶にあるそいつはゴーストとも違う気がする。

試しに【詳細鑑定】でそのぼんやりとした奴を見たが、文字化けしていて何が書いてあるのかさっぱり分からない。

相当危険で、戦うにしてもかなりヤバイ奴なのは十分に伝わってくるが、こいつは俺たちの前には姿を現さない。

慎重な性格なのか、他に何か意図があるのか？

「この敵対者はゴーストではなさそうですし、一体何者なんでしょうか？」

さすがのアリーもこの映像だけでは、敵対者の正体を割り出すのは難しいようだ。

だが、今までと違って敵対者の影が見えた。

これは小さな一歩かもしれないが、俺たちにとっては大きな一歩だ。

「ご主人様。この存在からは魔力を感じません」

「む……。確かに魔力どころか気配が薄いな」

ドッペル君の記憶なので、気配や魔力も記憶にあるものを感じることができるのに、この敵対者からはそういったものを感じることができない。

ドッペル君が反撃もできないくらいの強者なのだから、その存在感は半端ないはずなんだが……？

「気配もおぼろげで感じられません」

ハンナも俺と同じ感じのようだ。

しかし、ハンナでも感じられないほどに気配を隠せる相手か、危険極まりない奴だ。

気を引き締めていかなければ、ただでさえやられっぱなしなのに、致命的な攻撃を受けそうだ。

「とにかく、敵対者《こいつ》の情報が少なすぎる。ドッペル君をどんどん送り込んで、こいつの尻尾を掴んでやろう」

「とは言っても、同じような記憶ばかりでは進展が望めません。もっと敵の正体を知るきっかけになる情報がほしいですね」

アリーは顎に手を添えて、考えの海に沈んでいった。


頭を使うことはアリーに任せて、俺は足で情報を集めようと行動に移した。

とは言え、がむしゃらに走り回っても敵対者を見つけることはできないだろう。

なにせ、ドッペル君を排除しようとして姿を現した場にはベーゼの眷属もいたのに、ベーゼの眷属は何も見ていないのだ。

偶然死角で何かあったのであれば一体が見逃した程度の話だが、全てのベーゼの眷属が見ていない。

敵対者は明らかに高度な隠蔽能力を持っているため、その隠蔽を暴けるスキルがいる。

だが、【気配感知】をもってしても敵対者の気配は感じられない。

つまり【気配感知】以上の感知スキルが要るのだ。

俺は空飛ぶ魔法の絨毯の上で胡坐をかいで、上空の涼しい風で頭を冷やす。

「ご主人様、あまり根を詰めますと体に障りますから、お茶でもどうですか？」

「……そうだな。ハンナの淹れてくれたお茶は、俺の凝り固まった頭をほぐしてくれそうだ」

「うふふふ。ただのお茶ですからそんな効果はありませんが、少しは気分転換になると思います」

湯気が昇る湯飲みをハンナから受け取ってズズズと啜る。

苦味を抑えて旨味を引き出す丁度いい温度のお茶は、とても美味しい。

「ん、そうか何も難しく考える必要はないんだ。【気配感知】でダメならそれ以上の感知系スキルを創ればいいだけ。ハンナのお茶のおかげで、いい案が浮かんだぞ、助かった」

「それはようございました」

ハンナが「うふふふ」と笑みを浮かべてくれる。

俺を見守ってくれているのだと感じられ、とてもありがたく思う。


さっそく、【気配感知】を超える【超越感覚】を創造しようと思う。

俺の【気配感知IV】と魔力を糧に【等価交換】を発動させる。膨大な魔力が体から抜けていく。

「これはきついな」

そう言葉が漏れるほど、魔力が持っていかれる。

ただ、徐々に魔力の消費が収まってきているので、いつかのように倒れることはなさそうだ。

「ふーっ」

なんとか【超越感覚】を創造することができた。

魔力のほとんどを持っていかれたので、かなりきつい。こういう時は、魔力を回復させるお菓子でも作って食べようと思う。

「ハンナ、帰ってクッキーでも作ろうか」

「はい、お供いたします」


屋敷に帰って小麦粉、ベーキングパウダー、バター、砂糖、塩、卵を用意する。

小麦粉とベーキングパウダーを一緒にふるいにかけて、小麦粉とベーキングパウダーに空気を含ませる。

室温に戻したバターを泡立て器でよく練り混ぜると、滑らかなクリーム状になるので砂糖と塩を加えて、白っぽくふわっとなるまでよく混ぜる。

卵黄をバターに加えてまんべんなく混ざったら、先ほどの粉を加えてゴムベラで掬い上げるようにしながら、さっくり切るように混ぜる。

粉っぽさが完全になくなったら、生地をラップに包んで冷やして休ませる。

三十分くらい休ませた生地をめん棒で伸ばして型で抜いていく。

後はオーブンで焼くだけだ。


「よし、できた！」

俺のその声に反応したのは、カナンだった。

カナンはキッチンの入り口で、獲物を狙うヒョウのように視線鋭く俺とハンナの作業を見つめていた。

そのカナンが一瞬にしてテーブルのところへ移動し手を伸ばしたが、その手はハンナにガシッと掴まれた。

身体能力ではカナンよりもハンナのほうが上なので、ハンナの牙城を崩してクッキーまでカナンが届くことはないだろう。

だが、クッキーを前にしたカナンは俺の予想を上回る動きを見せて、千手観音のような手数を見せてクッキーを奪っていく。

「なっ⁉　この私をも超える動きとは！」

ハンナは必死にガードするのだが、クッキーはどんどんなくなっていく。

ハムスターのようにクッキーを口に頬張ったカナンの目がとろんととろけていく。

「ほうひいでふー（美味しいですー）」

ハンナを凌駕するカナンの動きで、クッキーがどんどん減っていく。

これでは皆が食べる分がなくなってしまうと思い、俺は皆の分を確保した。

元々カナンの食べる量を考慮して大量に作っているので皆の分は確保できたが、自分の分を食いつくしたカナンが俺の手元にある皿を見つめてくる。

「これは皆の分だから、やれないぞ」

「うぅ……ご主人様……」

目に涙を溜めてうるうると俺を見てくる。可愛いんだが、こればかりはやれない。

しかし、カナンの分として二キログラムくらいのクッキーを焼いたんだが、ハンナとの攻防中にそれだけ食べたのかよ。恐るべしカナン！

俺はカナンが狙うクッキーを何気なく一個手に取った。

そう言えば……今まで【究極調理】で料理を作ってきて、怪我を治療したり、精神的な疲弊を回復させたり、スキルを覚えたり、能力を上げたりといった効果があった。

サイドルに卸したおにぎりも一時的に能力を上げる効果がある。

だが、考えてみたら効果はそれだけだろうか？　もっと他にも効果を込められるのではないだろうか？

「あむっ！」

「あっ!?」

俺が摘まみ上げていてクッキーに、俺の指ごとカナンが食いついた。

考えに浸っていたため回避することもできず、俺の指はカナンの口の中でクッキーを手放してしまう。

「はむはむ……」

カナンはクッキーを奪っても俺の指を舐め続ける。なんだよ、そのエロい視線は……。

「ちょっとカナンさん。ご主人様の指をいつまで咥えているのですか！」

ハンナがカナンを引きはがそうとしても、カナンの口は俺の指を舐め続ける。

「離しなさい！」

ハンナが必死にカナンを引っ張るが、まったくびくともしない。

「こうなったら！」

ハンナが俺を見た。なんだ？

「失礼します！」

ハンナが俺の左手の指を舐め始めた。

カナンが引きはがせないから対抗して俺の指を舐めるのかよ⁉

心の中で思わずツッコミを入れてしまった。

しかし、この二人、どうしてくれようか？

二人とも俺を挑発するような視線を投げかけてくるんだよな……。

俺だって年頃の男だから、そんな視線を向けられて指を舐められたら理性で抑えられない部分があるんだぞ。


「「……」」

そんなわけで、二人を連れてベッドへダイブした。

事が済んで疲れ果てて寝ている二人を寝かせたまま部屋から出たら、一ノ瀬とアリー、そしてアンティアが部屋の前で腕を組んでいた。

「えーっと……」

俺は何も悪いことしてないよな？

そんなに責めるような目で見るなよ。

「二人だけズルいと思うの、ツクル君」

「そうですよ、ツクルさん」

「平等にしてほしいものです、ツクル」

「あ、はい」

俺は三人を伴って再び部屋の中へ。

クッキーを焼いていたのが昼前だったのに、気づいたら翌朝の件について……。

そんなわけで、今日は料理の研究をすることにした。どんなわけだ。とツッコミは要らないぞ。

▼▼▼

俺の【究極調理】は傷、病気、精神異常を回復し、その他にスキルを覚え、能力を上げる。

これまで何度も傷を回復してもらったし、スキルも覚えた。能力だって上げてくれたが、今の俺はスキルを覚えるほうは停滞しているし、能力は上がっていない。

【究極調理】と言ってもステータスに関係するものは、限界があるようだ。

その代わりではないが、俺には【神々の晩餐】がある。

【神々の晩餐】は素材に一定の条件があって無制限に使えるわけではないが、どんなことでもできる。

その代わり効果は五分間で、五分が経過するとランダムでバッドステータスになるが、バッドステータスを覚悟して使うだけの効果はある。

そして【等価交換】だ。スキルを創造したり、色々なアイテムを作ることができる。

【等価交換】があることで【究極調理】の特徴が消されてしまった気がする。【等価交換】でスキルを創る昨今、スキルを覚えるためにモンスターを狩りにいかなければならないのは手間だ。

だが、俺の原点は【究極調理】の進化前の【調理】だ。

今まで考えたこともなかったが、もっと【究極調理】を使ってやりたい。

なんと言っても俺は調理師なのだから。

回復、スキル、能力、これ以外の第四の可能性を【究極調理】に見出してやりたい。

おい、【究極調理】。お前は他に何ができるんだ？

このままでは、【等価交換】に取って代わられたままだぞ。それでいいのか？　気合を入れろ！


「っ!?」

なんだ……？　今、俺の脳裏に何かが接続したような？

「くっ!?」

こ、これは……。そうか、【究極調理《お前》】も今のままでは終わるつもりはないんだな！

「ご主人様、どうかされましたか？」

椅子に座って考え込んでいる俺の後ろで食事の仕度をしていたハンナが不思議そうに俺を見ていた。

「ふふふ。ハンナ、面白いことを思いついたぞ！」

「面白いこと？」

「そうだ。ちょっと待ってくれよ。いの一番にハンナに見せてやるからな」

「っ！　はい！」

ハンナの顔が、花が咲いたような笑顔になって尻尾の揺れが速くなった。


用意するのは、エンペラードラゴンの腕（前足）の肉。

これを【究極調理】で焼き肉にする。

でき上ったのは、普通の焼き肉に見える。だが、今までの焼き肉とは違うのだ！

皇帝竜の腕肉焼き　‥　少し筋張っているけど、歯ごたえがあってとても美味しいよ。それに食べると一時間だけ片腕が竜化して、攻撃力と防御力が大幅に上昇するからね♪

そうだ、これが【究極調理】の新しい効果だ。

時間限定で能力を上げる効果は、今までと変わらないじゃないかと思うかもしれない。

だが、これは素材になったものの特徴を取り込んで能力を圧倒的に上昇させるんだ。

俺のように【究極調理】では能力が上がらなくなった奴でも、攻撃力や防御力を一時的にだが上げることができる。

【神々の晩餐】は圧倒的な力を得るが、効果時間は少なくデメリットも大きい。それに比べこの変身強化の効果は、変身というデメリットがあるものの大きなデメリットではない。


「ハンナ、これはなんだと思う？」

「見たところ普通の焼き肉のようですが、ご主人様がウキウキされていますので、きっと今までの焼き肉とは違ったいいものなのでしょう」

「分かっているじゃないか、さすがは俺のハンナだ」

「お、俺のハンナ……（ぽっ）」

ハンナが頬を真っ赤にしてくねくねしだした。可愛い奴だ。

尻尾を掴んでモフモフする。

「ひゃっい!?」

「ハンナの尻尾はとても気持ちいいな。俺はこの尻尾で頬をすりすりするのが好きだ」

「ああ、ご主人様……そんなにしたら、あぁぁぁ……」

ハンナが床にへたり込んだので、ハンナのメイド服の下にある太ももに手を伸ばす。

「あ……そこは……うぅ……ごしゅじんしゃま……」

尻尾のモフモフだけではなく、張りがあって手に吸い付くような太ももの柔らかさも至高の気持ちよさだ。

「ごほんっ！」

「…………」

「…………」

俺がハンナにセクハじゃなかった、愛情表現をしていたらいつの間にかサーニャが後ろに立っていた。

「夫婦なんだからそういうことをするなとは言わないけど、妹がいるんだということを気にしてほしいかな」

「す、すまない。サーニャ」

「…………」

俺は正直に謝り、ハンナは恥ずかしさのあまり目を潤ませている。そんなハンナも可愛いぜ。

「お兄ちゃんっ！」

「あ、すまん……」

そんなわけで、庭に出た俺は焼き肉の新しい効果を確認することにした。

決してサーニャのジト目に耐えられなくなったからではないとだけ言っておく。

「これを食べれば、腕が竜化するのか。エンペラードラゴンの能力だからあまり期待はしてないが、新しいことをするのはわくわくするぜ」

「その焼き肉に、そんな効果があるのですか？」

「そうだぞ、ハンナ」

いの一番にハンナに見せてやる約束だからハンナもいる。

食事の仕度はサーニャに任せておけば問題ないからな。

「それじゃ、食べるぞ」

「ご主人様の料理ですから問題ないと思いますが、先に私が食べて確認します」

ハンナは心配性だな。

「おいおい、俺の料理だぜ。大丈夫だよ、ははは」

そんなわけで、焼き肉を口に放り込む。あむあむ……なかなか美味い。

【神々の晩餐】はとにかく不味いので、食べるなら美味いほうがいいよな。

ごくりと肉を飲みこむと、右腕がむずむずする。

そう思った瞬間、ボコボコッと俺の右腕の筋肉が盛り上がり、着ていたシャツの袖が破れた。

「ご主人様⁉」

「大丈夫だ！」

心配するハンナを制止して、俺は筋肉の盛り上がった右腕を見る。

今までの三倍近い太さになった右腕に、ブツブツッと鱗が生えてくる。

なんかミミズが腕の中を這いずっているようで、この感覚は少し気持ちが悪い。

「「………」」

俺の右腕の変身が終わったようで、太くなった右腕は全体的に金色の鱗に覆われている。

ただし、手の平に鱗はなく、普通に黒霧を握ることができる。

「ほう、なかなかの存在感ではないか。今までよりもパワーがあるのが分かるぞ」

抜いたら黒霧から感想が聞こえてきた。

「確かにご主人様の右腕からは、凄まじい圧力を感じます」

ハンナもこの竜化した右腕の力を感じているようだ。

俺は手をグーパーさせたり肩を回したりして、竜化した右腕の感覚を確かめた。

思った以上にパワーが上がっているのが感じられる。使い熟せば、それなりの戦闘力アップに繋がるだろう。

「ハンナこの右腕を殴ってくれるか？」

「そんな、ご主人様を殴るなんてできません」

「これは、確認だ。もしハンナに殴られて腕が粉々になっても、腕は再生させることができるんだから遠慮なくやってくれ」

「……分かりました」

ハンナがグッと拳を握りる。

だが、俺を殴るのを躊躇しているのは、顔を見れば分かる。

「思いっきり殴ってくれたら、今夜はたくさん可愛がってやるぞ」

「えっ⁉」

ハンナの目の色が変わった。

「ほ、本当にですか？」

「ああ、約束だ。だからハンナの持てる力の全てを込めてくれ」

「はい！　思いっきり殴ります！」

ハンナが俄然やる気になった。獲物を狙う狼のような目がいいね。

右足をやや引き、体を弓のようにしならせて拳を引き絞る。

気が昂っていき砂が舞う。

「さあ、こいっ！」

「参ります！」

ハンナの姿がぶれた瞬間、俺は右腕に力を込める。

ガッ！　右腕にとても重い衝撃を受け、俺は歯を食いしばる。

痛い。だが、竜化した右腕はハンナの拳を受け止めた。折れてもいないようだ。

ハンナは驚きの表情をしている。そういう表情のハンナもいいな。

「くっ……」

ん、これは……。

「ハンナ、大丈夫か!?」

よく見るとハンナの拳が砕けていた。

「焼肉だ。食うんだ」

ハンナに焼肉を食べさせると、元通り綺麗な白魚のような手に戻った。

「すまなかった、まさかこんなことになるとは思っていなかった」

「いえ、私の修行が足りなかっただけです。ご主人様のせいではありません」

ハンナと視線が交差する……。

「ご主人様……」

鼻の頭が当たるくらいに顔を近づき、ハンナの唇に唇を重ねる。

「ごほんっ！」

「………」

「………」

「二人ともご飯だよ」

サーニャが食事の仕度ができたと呼びにきてくれたのだが、タイミングが悪い。本当にタイミングが悪いぞ、サーニャ！


食事中、サーニャが俺とハンナのことを皆にバラしたため、他の皆もと言われてしまう。

だが、食事の仕度をするのはいつもハンナと俺なので、自然と二人きりになる機会が多いのだ。

そんなわけでその日から全員がキッチンに立ち、キッチンは大混雑することになった。

まあいい。俺は俺で【究極調理】の変身強化について、検証を進めるとしよう。

変身強化の重複ができるのか、できるのならいくつ重複ができるのか確認する。

「両腕の竜化は問題ない……」

さらに足（後ろ足）の肉で作った焼肉を食べる。

「……く、三重は体に負担がかかるか……」

力は強くなったが、気持ちが悪い。なんと言うか、体がバラバラになったような妙な感覚なんだ。

だが、その程度なら耐えられるし、動ける……。片足だけの竜化だとバランスがめちゃくちゃ悪いけど。


四つめの焼き肉を食う。

「ぐっ、がっ⁉」

これはヤバイ。両手両足が竜化したことで圧倒的な力を得られる反面、体中がバラバラになりそうなくらいの激痛と体全体のバランスの悪さによる気持ち悪さが襲ってくる。

地面に尻もちをつき、痛みと気持ち悪さに耐える。

なんども死にそうになった俺は痛みに対する耐性を持っている。スキルではないが、痛みくらいではと思っていたが、これは厳しい。気持ちが悪いのもあって、俺でも耐えるのがやっとだ。

「四重の変身強化ができるようになるまで、しばらくは我慢の訓練だな」

今は三重までだが、それだって違和感がある。

それにやるなら両足を竜化させて腕は片方だ。片足の竜化だとバランスが悪くて機動力が死んでしまう。逆に片腕の竜化はそれほど違和感はない。

俺にとって機動力は命綱と言っても過言ではない。だから両足の変身強化のバランスを確かめて修正する必要がある。


「そんなわけで魔物を狩りにいこうと思う」

「またざっくりな説明ですね、ツクルさん」

アリーが「うふふ」と妖艶な笑みを浮かべた。

「ご主人様。魔物を狩りにいくと言っても、どこへ向かうのでしょうか？」

「そう、それなんだよ。ケルベロスやエンシェント種くらいの強さがないと、訓練にもならないんだよな……」

ハンナの問いに答えるも、俺自身、強い魔物のあてはない。

できることなら、俺と同じレベル六百くらいの魔物がいるとありがたいんだが、そんな都合のいい話はないだろうな。

「それなら、神獣なんてどうでしょう」

「神獣？」

俺の心をくすぐる言葉だ。

「アンティア。その神獣というのは、なんだ？」

「私たちエンシェント種でも単独では倒すのが難しい存在です。あまりの強さに、神の名を冠する神獣と言われるようになりました」

「それはいい！　その神獣はどこにいるんだ？」

「神獣は四体います。ただし、先ほども言いましたが、とても強く命がけの戦いになりますよ」

「訓練だからと言って生ぬるいことは望まない。むしろ、命がけのほうが緊張感があっていいじゃないか！」

脳筋な考え方なのは分かっている。だが、それくらいじゃないと厳しい戦いには耐えられない。

ドッペル君を排除している敵対者は得体が知れないので、今の俺では届かないと考えて自分の力を上げなければ足元をすくわれてしまうだろう。

俺には守るべき家族がいるのだから、相手が誰であろうと死ねない。死んでたまるか。

「分かりました。神獣は世界の果てにいます」

「世界の果て？」

「東の果てには竜王、北の果てには甲殻王、西の果てには獣王、南の果てには鳥獣王がいます」

よく分からないが中国の四神（青龍、玄武、白虎、朱雀）のようなものか？

まあいい、俺の変身強化の訓練になるだけの相手ならなんでもＯＫだ。

▼▼▼

ああ……。力が……力が漲る。

勇者。早くこないと、僕はもっと力をつけてしまうよ。

この召喚の魔法陣で異世界から一万五千の人間を召喚するために、この世界の十五万の人間を生贄にしたんだよ、僕を殺したいよね？

異世界から召喚した一万五千の人間も僕が取り込んだ。

くくく、僕はどんどん力をつけちゃうからね。

早くきて僕を止めてごらんよ。


世界の全てを映す鏡に映し出された漆黒の勇者は、僕を殺せるかな？

勇者のくせに死霊を操る変わり者だし、【闇魔法】まで持っている変人だけど、そのくらいの勇者じゃなければ僕を殺せないよね。

【闇魔法】は過去に召喚した魔王に、魔王の証拠として与えたけど、その魔王は思うようにコントロールできなかった。なぜ僕の意向に沿わない魔王になったのか調べたら、向こうの世界で殺して連れてきたからだと分かった。

魔王はその存在意義から、一人に圧倒的な力を与えるんだけど、そのためには向こうの世界で殺して魂だけ持ってきて、僕が用意した肉体に定着させなければならなかった。強力な肉体を与えるために、魂を操ることができなかったんだ。だから次は、肉体ごとこっちに召喚することにした。

肉体ごと召喚した人間に、自身の才能と努力次第でどれだけでも成長できる力を与えた。そして、欲望に正直になる仕掛けを、肉体に施した。

最初に召喚した勇者は大した力もなかったけど、魔王が抵抗しなかったから殺せたんだよね。

まったく、思い通りにならないことが多くて本当に困っちゃうよね。神とは言っても、全知全能じゃないいんだよ、はぁ……。

そう言えば、魔王が死んだ後、【闇魔法】は知能もない魔物に与えておいたけど、いつの間にかあの漆黒の勇者が持っていた。

その漆黒の勇者のそばには、魔王として召喚したあの子の魂を持った子までいるよ。僕の予想を超えているところがいいね。

それにこの赤毛の女の子も面白いよね。

なんでこの子が【光魔法】を持っているのかな？　僕は真の勇者にしか【光魔法】を与えるつもりはないから、封印しておいたんだけどな～。

この子が真の勇者なのかな？　そんな感じはしないんだけど？

あと、エルフのエンシェント種も一緒にいるんだね。僕が創ったエルフのエンシェント種が漆黒の勇者に力を貸している。くくく。

これほど多くのイレギュラーが起きたことで、僕の予想は大きく覆された。

こういうのは運命だと思うんだ。だから、早くここにきてほしいな～。

005
獣王

東の果てには竜王、北の果てには甲殻王、西の果てには獣王、南の果てには鳥獣王がいる。

どの神獣もあり得ないほど強く、アンティア一人では勝てないらしい。もっとも、アンティアは俺と旅をして強くなったから、今では分からないが……。


「でっけーな」

西の果てにいる獣王を訪ねてみたら、大きかった。

エンペラードラゴンと同じくらいの大きさか？　こっちのほうが体高があるはずだから、エンペラードラゴンより大きいと思う。

「これって思いっきり白虎だよね、ツクル君」

「見た目は白いトラだからな。トラと違うのは角が二本あって、足から剣のような鋭いものが飛び出しているってところか？　あと、体から放電しているよな？」

最初にこの獣王という神獣を選んだのは、ただ単に気分かな。というのは冗談で甲殻王と鳥獣王の線はなかった。

俺は両足を変身強化した時の動きのバランスを調整したい。だからパワーとスピードのバランスを確認できそうな奴がよかった。

鳥獣王は名前から空を飛ぶイメージだから、最初に除外した。

多分、竜王も空を飛ぶと思われるので、竜王も除外だ。

それとカメだと思われる甲殻王は防御力特化のイメージなので、パワーは確認できると思うがスピードの面で不満がある。

つまり、他の三体を除外したことで残ったのが、この獣王ってわけだ。

獣王がいるこの西の果ては、雲の上に切り立った山々が突き出ている場所だ。仙人でもいそうな雰囲気の場所だな。

そんな場所で獣王は寝ていたが、俺たちの気配を察知したようで顔をこちらに向けた。

立ち上がった獣王は体高があるおかげでエンペラードラゴン以上の迫力を感じる。

しかもさっきから獣王を【詳細鑑定】で見ているんだが、完全に文字化けして読めたものではない。

『矮小なる人の子たちよ、我が聖域より立ち去るがいい』

頭の中にガラガラ声が響いた。獣王も【念話】を持っているようだ。

『悪いが、神獣と言われる獣王に用があるんだ』

『ほう。ここを我の聖域と知ってやってきたということか。矮小なる人の子よ、命が要らぬようだな』

人のことは言えないが、この獣王も脳筋的な考えだな。

『命はいるさ。だが、それ以上にやらなければならないことがあるからな』

『やらねばならぬことだと？』

『俺には倒さなければならない奴がいる。そいつを倒すためにもっと強くならないといけないんだ』

獣王は目を細め俺を値踏みするように見てきた。

『自らの力を高めようとするその考えは見上げたことだ』

おっと、獣王に褒められてしまった。

って、今さらだけど獣王は普通に人の言葉を話せるんだな。

『だが、その相手として我を選んだのは愚かとしか言えぬ』

上げて落とすのかよ。

『人の子よ、我の力を思い知り後悔するがよい』

獣王が地面を蹴って飛び上がってきて……。

「獣王も飛べるのかよ」

獣王はまるで地上のように空中を蹴って走っている。

空中を蹴るたびに雷を周囲にまき散らして傍迷惑な奴だ。

そんなわけで俺の選択はなんの意味もなかったことになる。まさか獣王が空を飛べるとは思ってもいなかったし。


「皆は離れたところで待っていてくれ。手出しは無用だぞ」

「「「「はい（なのです～）」」」」

俺も空飛ぶ魔法の絨毯から飛び降り、空中を走る。

『ほう、結界を足元に発生させているのか』

どうやら俺が空中を走るカラクリはすぐに見破られてしまったようだ。

まあ、隠すつもりもないからいいけど。

『獣王が飛べるとは思ってもいなかったからな』

『我が飛べぬと誰が言ったのだ？』

獣王は雷を俺に向けて飛ばしてくる。

『話をするのかと思ったら、挨拶だな』

『この程度のことを捌け《さば》ぬ者が我と戦うなど片腹痛いぞ』

『なるほど、お前に挑戦するなら、あれくらい避けろってわけだな』

獣王が足を振り下ろすと雷が俺に飛んでくる。その雷をひょいっと避けると獣王がにやりと笑った。

『なかなかのものだ。だが、今のは小手調べだ』

『俺も本気を出したわけじゃないから、好きなだけ相手をしてやるぜ』

今度は俺が黒霧を抜いて振り抜いた。最近では、軽く黒霧を振るだけで斬撃が飛ぶ。

獣王に斬撃が当たると体毛を何本か切ったが、まるで効いていない。

『さすが獣王だ。この程度のことでは傷つかないか』

『温い。温いぞ、矮小なる人の子よ』

獣王は空を蹴り、ものすごい速さで俺に迫った。

俺はその巨体による体当たりを闇の中に潜って避けると、腹を狙って黒霧を突き出す。

だが、黒霧は獣王に届かず、避けられた。

『ほう、姿を消すか？　転移、いや違うな』

『姿が見えない俺の刃を躱す獣王も大したものだ』

俺は闇から顔を出してにやりと笑った。

『それは【闇魔法】か？』

『だったらどうする？　獣王のお前まで俺を魔王と言うか？』

『矮小なる人の子よ、お前は真の魔王ではない』

お、こいつ魔王のことを知っているのか？

しかも『真』とかつけるところを見ると、魔王について詳しく知っているとみていいだろう。

『そうだ。俺は魔王ではない。たかだか【闇魔法】を持っているだけで魔王なんてバカらしいじゃないか』

『くくく、面白いことを言う。だが、その通りだ、人の子よ』

『ところで、魔王ってなんだよ？』

『そんなことも知らずに偽魔王をしているのか？』

なんだか呆れられてしまった。

だが、魔王のことを正しく認識している奴がいままでいなかったのだから、俺が知るわけないだろ。

『そもそも【闇魔法】を取得しただけで魔王と言うのは、おかしな話じゃないか』

『がははは。その【闇魔法】を本来持っていたのが、魔王なのだ。魔王は異なる世界で死んだ者の魂。それゆえに魔王は魔王なのだ』

異なる世界で死んだ者か。確かに、歩は魔王召喚によって殺されてこっちへ連れてこられた。

それが前提条件なら俺が魔王になることはない。

だが、魔王が持つべき【闇魔法】をボルフ大森林の魔物が持っていた。魔物が魔王だった可能性もあるってことだろ？

まったく、魔王ってなんだよ？

『なあ、魔王って今まで何人も現れたのか？』

『それを知ってどうする？』

『ただの興味だ』

『ならば知る必要はない』

おっと、いきなり攻撃してくるのはなしにしてほしいぜ。

稲妻を黒霧で叩き落とすと、黒霧を通じてビリリと手が少し痺れた。

この程度の痺れなら、戦いになんの問題もない。

『魔王のことをもっと聞きたいんだがな』

『我を倒したら教えてやってもいいぞ』

口角を上げてそう言った獣王は、俺では勝てないと思っているんだろうな。

そういう奴を絶望のどん底に叩き落とすのは、とても気分がいいんだぜ。

『なら、お前を倒してあらいざらい吐いてもらうぞ』

『やってみるがいい！』

今度は稲妻が剣の姿になって飛んできたので黒霧で掬こうとしたんだが、稲妻剣は意思を持っているかのように俺に切りかかってくる。

稲妻剣の攻撃を冷静に見て受ける。

空中に浮いているのに剣圧があって、受けるごとにビリリと手を痺れさせてくるので厄介だ。

だが、受けるから手が痺れるのであって、受けなければいいのだ。

紙一重で稲妻剣を避けるようにして、【闇魔法】のダークバインドで稲妻剣を拘束する。

『ほう、【闇魔法】にそのような使い方があるか。面白いぞ、人の子よ』

『お褒めいただいて光栄だぜ、獣王』

『ならばこれはどうだ？』

獣王の周囲に稲妻剣が現れる。しかも今度は四本だ。

『そうきたか』

『さあ、いくぞ。人の子よ！』

四本の稲妻剣が俺に迫る。

『まったく数で押せばいいと思うなよ』

そう言いながらも、ある稲妻剣は見切り、ある稲妻剣は黒霧で受ける。

二本くらいなら見切れるが、さすがに四本はきつい。

どの稲妻剣も達人並みの動きを見せる。

俺はいつの間にか汗をかいていることに気がついた。

四本の稲妻剣を捌くのが限界で、もしあと一本多かったら間違いなくダメージを負っていただろう。

この獣王はこれまで戦ってきた誰よりも強い。そう考えて変身強化の焼き肉を口に放り込む。

『戦いの最中に腹ごしらえか？　人は腹が空く生き物だが、些か早くないか？』

『これはお前を倒すための一手だ』

『ほう、我を倒す一手だと？　面白い、それで何ができるのか、見てやろうではないか』

俺の両足の筋肉が盛り上がり、革のパンツを破る。

『ん、それは？』

そこから緑かかった黒い毛が生えていき、まるで獣の足になった。

『獣人……ではないか？』

獣王が首を捻る。

今回の変身強化はケルベロスの後ろ足の肉で作っている。

ケルベロスはエンペラードラゴンよりもはるかにレベルが高い魔物のため、エンペラードラゴンよりも強化の上昇量が大きい。

俺の変身強化の焼き肉は素材になった魔物のレベルに比例して効果が高くなるのが分かっている。

だが、強化上昇値が大きくなればなるほど、その制御が難しくなる。

幸い、二カ所の変身強化なら体調不良はない。これが三カ所になると気分が悪くなるが、これは我慢できる程度だ。

そして、四カ所を変身強化すると、戦いに支障が出るくらいになる。


『待たせたな』

『よく分からぬが、その獣のような足が人の子の奥の手と言うのだな?』

『奥の手か……。まあ、そうだとも言えるかな』

俺にはいくつかの奥の手がある。

今日はこの変身強化を試すためのもの。だから、気合入れて確かめさせてもらうぜ。

『今度は俺からいくぜ』

『こい、人の子よ』

ケルベロスに変身強化した足で、空中に発生させた結界を蹴って獣王へ迫る。

空気を切り裂き、マッハを超えた衝撃波が起こる。

『はぁぁぁっ!』

獣王に向かって黒霧を振り抜く。

ただの一振りだ。だが、獣王左前足のつけ根を斬る。

『なっ⁉ 我に傷をつけるか！』

よく言うぜ、傷と言っても皮を斬っただけで、まったく効いてないくせに。だがっ！

『悪いが、ガンガンいかせてもらうぜ！』

『面白い！』

俺と獣王は圧倒的な速さで空中を駆け、剣を振り合う。


獣王は四本の稲妻剣を縦横無尽に操り、俺に迫る。

黒霧が稲妻剣と交差し、その度に手が軽く痺れる。まったく厄介な稲妻剣だ。

だが、稲妻剣の仕組みが分かったぜ。空中を縦横無尽に飛び交って俺を攻撃してくる稲妻剣は、獣王の足から出ている剣に連動している。

あの足から出ている剣をなんとかすれば、空中を飛び交う稲妻剣はなくなる気がする！

獣王はアンティアの言っていたように、強い。黒霧を叩きこんでも、皮を斬るくらいで肉や骨を絶つことができない。

俺の変身強化もまだ六割ほどの力しか出せていないが、完全に力を出し切っても倒せるか分からないほど強い。

雷を操る性質のためか、獣王の動きは速くそして俺を痺れさせる。

こんなぎりぎりの戦いはいつ以来かな？　クラフトンと戦った時か？

あの時は本気でやばかったが、ヒルメさんに助けられた。

今回は俺一人の力でこの獣王を倒してみせる！


『剣技、皮剥ぎ！』

獣王の毛皮が少しだけ剥がれた。

大したダメージもないくせに。その証拠に剥がれた毛皮はすでに再生している。

『ぬっ⁉　やるな！』

「久しぶりに歯ごたえのある敵と出会えたな、ツクル」

黒霧の声が弾む。

「そんなに嬉しいか？」

「最近は歯ごたえのない奴ばかりだったからな」

「ふっ、お前はシャーマナイルに肉の塊にされたじゃないか」

「あれは油断しただけだ！」

黒霧の声がとても不機嫌なものに変わった。

「今回も油断するじゃないぞ」

「ち、いつまでも昔のことを」

「いや、全然最近だし（笑）」

『ほう、その剣は喋るのか』

『お喋りが過ぎて困っているぞ』

『面白い人の子だ。こんなに楽しいのはいつ以来か』

そう言いながら厳しいところを攻撃してきやがる。獣王も十分に脳筋だぜ。

しかし、困ったな。このままではじり貧だ。

どうにかあの足から生えている剣を叩き折らないとな……。

『何かを考えているようだが、次は何を見せてくれるのだ？』

『楽しんでもらえてよかったぜ』

まったく、俺はピエロかってーの。

ダークバインドを牽制に使い、その瞬間に獣王に接近して剣技、三枚おろしを叩きこむ。

『ほう、これは効いたぞ』

『ほざけ、どこが効いているんだよ』

足の剣を折ってやろうと思ったが、獣王は体を捻って剣を守った。

『どうやら我の攻撃についてよいところに目をつけたようだな』

『その足の剣が稲妻剣を操っているのは分かっているぜ』

子供の頃、大昔に逸ったロボットアニメをＤＶＤで見たことがあるが、そのアニメでは超●磁ヨー●ーという武器を電気の糸で操っていた。獣王はそれを発展させた感じで電気で剣を操っているように見える。

もっとも、操っている電気の糸を見せてはいないが。

『くくく、どうやら人の子は強敵のようだ。これまでの失礼を詫びよう』

『急にどうした？』

『なあに、人の子は強い。素直に認めているだけだ』

『……』

なんだこの感覚は？

スキルの【野生の勘】は働いていない。だが、背中がぞわぞわする……。

『我は獣王、ガーベイン。人の子よ、名を聞こう』

『俺はツクル。スメラギ・ツクルだ』

『ツクルよ、これより我も本気を出そう。心しろよ』

『おう、望むところだ！』

ガーベインと名乗った獣王の雰囲気が変わった。

今までも鋭い殺気を出していたが、今は俺でさえ怯みそうなやばい殺気だ。


ガーベインが空中を蹴ると、光の帯を残して俺の左腕を喰いちぎっていった。

「がはっ!?」

咄嗟に回避行動をとらなかったら、体中バラバラにされていたかもしれない。

これはやばい。そう思った俺は焼き肉を口に放り込んだ。

しかし、参った。まさか音速どころか光速かよ。いくら俺でも光速の動きを見切るのは至難の業だ。

『ほう、今のを避けたか。面白いぞ、ツクル！』

『腕を喰いちぎられたんだ、避けたとは言えないだろ……』

『そうでもないぞ。今のは確実にツクルを殺すつもりだったのだ。それを左腕一本で済ませたのだから、称賛に価する。しかもその左腕が瞬時に再生しているではないか』

また背中がぞわぞわする。

「ぐあっ⁉」

ガーベインの稲妻剣が俺の体を貫いたのだ。また口の中に焼き肉を放り込んで体を再生させる。

三本はなんとか回避したが、四本目は無理だった。全く見えないわけじゃないが、三本だってぎりぎりだ。

何度も稲妻剣が俺を貫く。その度に焼き肉を食って再生させているが、こんなことをしていては俺に勝ち目はない。

『ふむ、いまのでも死なぬか？』

見るんじゃない。感じろ。

ガーベインの動きを感じ、反応しろ！

俺ならできる！　絶対にできる！

『なるほど、再生速度が異様に速いな。ツクルは人ではないのか？』

『俺は人間だ』

『【再生】のスキルではそこまで速く再生しない。【超再生】でもなさそうだ』

考えごとをするのか、攻撃をするのか、どちらかにしやがれ！

ガーベインが考えごとをしている最中も俺への攻撃は続いている。おかげで俺の体は穴が開いては焼き肉で再生するというループに入っている。

【念話】で話しかけながらも手を緩めないガーベインだが、俺も伊達に死地を何度も乗り越えてきたわけじゃない。

俺は足に力を込めて、結界を蹴る。

ガーベインが光速なら、俺は光速を超えればいい。単純な話だ。

変身強化した俺の足なら光速だって超えられる！

『逃げても無駄だぞ』

『為せば成る、為さねば成らぬ何事も！』

光速で追いかけてくる稲妻剣が俺を容赦なく突き刺す。

その度に焼き肉を食い、足に力を入れる。

もっとだ、もっと速く！

まだだ、まだ足りない！

強化した足なんだから、光速くらい超えられるはずだ！

『む!?　ツクルが……』

うおおおおおおおおっ！

俺は光の帯となり、稲妻剣を置き去りにした。

とうとう光速を超えたのだ。

『まさか、ツクルが光速を超えるとは……』

光速を超えた俺は稲妻剣を黒霧で叩き落とした。

『む、やるな！』

『これからが本番だぜ！』

『望むところだ！』

光速を超えた俺は、光の帯を伸ばして空中を縦横無尽に飛び回る。

この域に達すると、結界を足場にしなくても空を自由に飛べるようだ。

「黒霧、いくぞ！」

「どんとこい！」

『ガーベイン、覚悟！』

『舐めるな！』

光の帯となった俺と、ガーベインが激突すると大気は裂け、大地を抉る。

それはまさに人知を超えた戦いであり、俺自身も体中の肉が千切れ、骨が砕けるような衝撃を受けた。

『うおおおおおおおっ！』

『はあああああああっ！』

『神を冠する我が、人に負けるわけにはいかぬのだ！』

『神だろうと、斬ってやるぜ！』

ガーベインと交差するごとに意識が飛びそうになるのを耐えて、俺は足に力を入れ続ける。

『唸れ、流星牙斬衝《りゅうせいがざんしょう》！』

【覇道】を纏わせた数百もの刺突攻撃である流星牙斬衝がガーベインの体を貫く。

『ぐおおおおっ!?』

『まだまだ！　業火剛斬《ごうかごうざん》！』

漆黒の炎を纏った剣撃でガーベインを焼き斬る。

『舐めるなぁぁぁぁぁぁぁっ！』

ガーベインは足から生えている剣で俺の左腕をざっくりと切り裂いた。

『くっ、やるじゃないか！』

『ツクルこそ、ここまでやるとは思ってもいなかったぞ！』

ガーベインを蹴り距離を取る。

どうやらガーベインも光速戦闘はかなりきついらしく、お互いに肩で息するほどの疲労だ。

『人の子であるツクルがこれほどに強いとは思ってもいなかった。ツクルであれば、もしかするかもな……』

『なんのことだ？』

『いやこちらの話だ。気にするな』

何がもしかするのか？

くっ、無理をしたからか体中の毛細血管が破裂し、血が噴き出した。

「はぁはぁはぁ……」

切り立った岩山の上で膝をつき、焼き肉を食べる。

焼き肉の食べすぎで、腹がぱんぱんだ。カナンならどうってことないと思うが、俺はカナンほど大食いじゃないからな。

『足が元に戻ったぞ。限界のようだな、ツクル』

『……』

『ツクルはもう限界だろ？　我の勝ちだ』

確かに足は元に戻った。

だが、俺が限界だと誰が決めた。

『俺の限界をお前が決めるな！』

俺の限界は俺自身で決める！

『往生際が悪いぞ、ツクル』

『誰の往生際だ』

焼き肉を二つ口に放り込む。

俺の両足の筋肉が盛り上がって、毛が生える。

『なっ⁉』

『言っておくが、（変身強化は）何度でもできるんだぜ』

『……』

『さあ、殺《や》り合おうか』

『この戦闘狂が……』

『戦闘狂？　俺はただ負けるのが嫌いなだけだ』

黒霧を構え足に力を入れる。

ドンッと岩山を蹴ると岩山が崩壊し、俺は光の帯となってガーベインに迫った。

ガーベインは動かない。いや、二本の角に稲妻が走る。何かをしようとしているのか？

『諦めたか、ガーベイン！』

ガーベインが諦めるわけがないと思いつつも必殺技（三）、氷龍絶界撃《ひょうりゅうぜっかいげき》を放つ。

その刹那、ガーベインの周囲に四本の稲妻剣が現れ、ガーベインを中心に三角錐の頂点のような位置取りをした。その三角錐の面に見えない何かが現れ、俺の氷龍絶界撃を防いだ。

『……おいおい、フィン●ァンネルのＩフィー●ドかよ』

やべー。超カッコいいぜ。

俺もあんな防御結界を【等価交換】で創って楽しもうかな。

ダメだ、今は戦いに集中しろ。

『ツクルが底なしの体力でも、この四剣絶界《しけんぜっかい》を破るのは無理だぞ』

『俺の氷龍絶界撃と名前が被ってるんじゃねーよ！』

『ツッコむところは、名前か!?』

先ずは名前だろ！

『我の四剣絶界はツクルが生まれるよりもはるか昔に名づけたものだ。似ているというのなら、それはツクルがマネをしたということではないか？』

『なっ!? 俺がマネしただと!?』

ふざけるな！ 黒霧でビシッとガーベインを指す。

『俺のはヒルメさんが名づけているんだ。ヒルメさんがパクったとでも言うのかよ!?』

『いや、誰だよ、ヒルメって？』

『誰だっていいだろ！』

黒霧を振り剣技三枚おろしを叩きつける。

さすがは氷龍絶界撃を防いだ四剣絶界だ。簡単には破れない。

だが、簡単に破れてしまっては面白くない。

今度はその四剣絶界を破ってやるぜ！

『剣技、皮剥ぎ！』

びくともしないか。

『剣技、鱗落とし！』

まだまだーっ！

『無駄だ、ツクルよ』
『無駄かどうかは、俺が決めること！　業火剛斬！』
『がーっははは。無駄なことを』
『ほざけっ！　流星牙斬衝！』
ビリッ。
『まだまだっ、氷龍絶界撃！』
ビリビリッ。
『とどめだ、覇動天昇撃《はどうてんしょうげき》！』
バリンッ。
『なっ⁉』
『おらー、死ねや！』
『がっ⁉』
『もういっちょーーーっ！』
『ぐわーーーっ』
ガーベインの首を斬り落とした。
『ふーーー。ガーベイン、お前は強かったぜ。今日のことは一生忘れないぞ』
残心して黒霧を鞘に納める。

『レベルが上がりました』

『レベルが上がりました』

『レベルが上がりました』

『レベルが上がりました』

『レベルが上がりました』

『レベルが上がりました』

『レベルが上がりました』

『レベルが上がりました』

『レベルが上がりました』

『レベルが上がりました』

『レベルが上がりました』

以下略。


かつてボルフ大森林で得たような膨大な経験値が俺に流れ込んできた。

経験値を得たということは、ガーベインを倒したということだ。

俺とガーベインの戦いで変わり果てた姿？　を見ながら地面に腰を下ろす。さすがに疲れた。


「ご主人様～」

「ご主人様！」

「ツクル君！」

「ツクル！」

「ツクルさん！」

「お兄ちゃん！」

皆が集まってきて、俺を囲んだ。

「あの神獣に勝つなんてさすがですね、ツクル」

「ああ、変身強化がなかったらヤバかったぜ、アンティア」

「ご主人様なら必ず勝つと思っていました〜」

カナンが抱きついてきた。

「ははは、かなりギリギリの戦いだったがな」

「さすがはご主人様です。私もご主人様の隣で立てるように精進いたします！」

「ハンナは十分に強いぞ」

「ツクル君。体は大丈夫？」

「一ノ瀬の顔を見たら、痛みなんか飛んでいったよ」

「ツクルさんの無事な姿を見てホッとしました」

「アリー、ありがとう」

「お兄ちゃんなら神獣でもぶっ飛ばすと思っていたよ！」

「おう、やってやったぜ！」

皆から温かい声をかけてもらって、俺も戦闘モードを解除する。

『よくぞ我を倒した、ツクルよ』

『っ!?』

ガーベインの声が頭に響いた。

俺は飛び上がるように立ち上がり、黒霧の柄に手をかけた。

『まあ、待て。我に敵対の意思はない』

見ると、地面に落ちている頭が俺を見つめ喋っていた。キモッ！

『ガーベイン。お前、死んでなかったのか？』

だけど、経験値が大量に入手できたのだから、死んだはず。

エンシェント種のように【第二の命】があるのか？

『いや、死んだし。だが、我は復活する』

頭が浮き上がって胴体とくっついて、体の調子を確かめるように立ち上がった。

『我は決して滅びないように創られているのだ』

『創られている……だと？　それは神という存在によってなのか？』

『それを教えることはできぬ。だが、ツクルはその存在の元に辿りつくための一歩を踏み出した』

『………』

『これを持っていけ』

ガーベインの前に光が集まり、その光の中から拳大の水晶のような球が現れた。

中に『不』という文字がふわふわと浮いているように見える。これは水晶ではないのか？

『その神玉を集めよ。さすれば、我らを創りし存在に辿りつけるだろう』

『他の神獣を倒せってことか。面白いじゃないか！』

『ふふふ。ツクルならそう言うと思っていたぞ』

変身強化の具合を確かめるために獣王の元を訪れたが、思わぬことで面白そうなイベントが発生した。

最近、正体不明の敵対者のためにストレスが溜まっていたので、息抜きとしてイベントの回収をしようと思う。


そして、魔王のことだが、魔王は過去に一度だけ召喚されたことがある。つまり、歩以外には魔王として召喚されていない。

なぜ一回なのかは分からないが、魔王は神獣を創った存在に関係していることが分かった。

『詳しく知りたいのであれば、神獣を倒して我らを創造した存在に会うといい』

歩と両親を殺してこの世界に歩を召喚したのは魔族だが、その魔族に魔王召喚を伝えた存在が神獣を創造した存在なのかもしれない。

そいつに会わなければいけないと思った。

▼
▼
▼

久しぶりにヒルメさんに会いに向かう。

サーニャのこともあって、一カ月に一回くらいは伊勢神宮を訪れていたが、敵対者のこともあってちょっと間が開いてしまった。

色々と世話になっている神だから、ケジメは大事だ。

お馴染みになってきたカナンの大食いイベントもしっかり回収して、皇大神宮の前に立つと、刹那の浮遊感があって、いつもの四阿の前に。

周囲を見渡すが、珍しくヒルメさんはいない。

四阿に入って椅子に座ると、いつもの人が現れて至高のお茶を出してくれた。

「今日はヒルメさんはいないのか？」

「少々お待ちください。大日女尊様はもうすぐお越しになります」

何度もこの四阿を訪れているが、この人と言葉を交わしたのは初めてかもしれないな。

「了解だ」

【詳細鑑定】で見てみても、神獣と同じように文字化けしている。

俺が【詳細鑑定】を使ったのが分かったのか、俺に微笑みかけてくる。まるで無駄なことはするなとでも言われているようだ。

一人で至高のお茶を飲みながら待つこと数分、ヒルメさんが四阿に入ってきた。

どうでもいいが、ヒルメさんもさっきのお茶を出してくれた神も気配がない。

俺もまだまだだと思いながら、目の前に座るヒルメさんに挨拶する。

「久しぶり」

「ええ、久しぶりですね。待っていたのですよ」

なんだか棘のある言い方だな。そんなに俺に会いたかったのか？

「そうですよ、ツクルさんに会いたかったのです」

「いつもながら人の心を読んでいるな」

「今さらですよね」

「そうだな」

もう隠しもしないか。

「それで、俺を待っていたのはなぜだ？　ただ会いたいと思ったからじゃないだろ？」

「うふふふ。ただ会いたかっただけだと言ったらどうします？」

「どうもしないけど？」

「もう、少しは嬉しそうにしてくださってもいいのですよ」

「いや、あんた神だし」

「神だって恋くらいしますからね」

「そうなのか？　人間臭いんだな」

「うふふふ。日本の神は人間臭いものです」

今日はなんだか、いつものヒルメさんとは違うな。お茶を飲んでどうしたのか、考える。

俺はヒルメさんの顔をじっと見つめる。

何かあるんだろ？　早く言ったらどうだ？

俺がじれったいのは嫌いだって、知っていると思うが？

「そうですね。そろそろ……」

「っ!?」

体中の毛穴が開き背筋に冷たいものが走る。

思わず黒霧の柄に手をかけて立ち上がった。

「ほう、いい動きだ」

声がしたほうを見ると、白い布を身に纏った西欧系の顔立ちの男がにやけた顔をして立っていた。

「……………」

こいつはヤバイ。

ヒルメさんはまったく気配が分からないが、この男は圧倒的な存在感を放ち、空気がまるで鋭い剣のように俺の肺に突き刺さる。

獣王ガーベインなど比ではないくらいのプレッシャーを受け、体中から汗が噴き出してくる。

「ツクルさん、落ち着いてください。この方は敵ではありません」

「……ヒルメさんの仲間か？」

「がーっはははは！　仲間と言えば仲間だな」

なんなんだ、こいつは？

敵じゃなくてもこんな空気を纏っている奴を相手に、気を緩めるわけにはいかない。

「小僧、そう身構えるな。これで楽になっただろ」

空気が普通に戻った。深く息を吸い、細く長く吐く。

こいつは一体何者だ？

「俺はオリンポスの守護神であるゼウスだ。小僧の名を聞こうか」

ぜ、ゼウスだと……？

ゼウスと言えば、ギリシャ神話の神じゃないか？　そんな奴が日本になんの用だ？

「俺はスメラギ・ツクルだ」

「自己紹介も終わったようですし、お二人ともこちらへ」

ヒルメさんは相変わらず涼しい顔をしている。

ゼウスはヒルメさんの横に座って俺を手招きするが、そこにまたあり得ない気配が現れた。

「………」

顔が三つ、いや、四つあって、手も四本。

顔と手の数を除けば、西欧系とも東アジア系とも違う東南アジア系の髭面容姿。

そして、身に纏っているその存在感は、ゼウスにも匹敵する化け物級。

今日は何だというのだ？　ヒルメさんはこんな化け物相手に俺にどうしろと？

「お前がツクルか？　俺はブラフマーだ！」

四本の手で握手を求められた。

なんと言うか、纏っている雰囲気は極道だが、フレンドリーな奴だ。一応、一本だけ握手しておいた。

「ブラフマー殿もこちらに」

ヒルメさんの右横にゼウス、左横にブラフマー、俺は目の前だ。

はたから見たらヒルメさんがホストクラブにいるようだが、ゼウスもウラフマーもなんと言うかゴツイのでホストには見えない。

ゼウスは言わずと知れた神界のビッグネームで、ブラフマーも俺の記憶がたしかならヒンドゥー教で高位の神だったはず。

俺でも名前を知っているこの二人が、日本の神の頂点にいるヒルメさんと一緒に俺の目の前にいる。

これは……面倒な話なんだろうな……。

「そんなに面倒でもないですよ」

相変わらず俺の思考を読み取っているヒルメさんが、にこりとほほ笑んでくる。

「どういった話かな？」

聞きたくなくても聞かされるのだから、さっさと終わらせよう。

「先日、また召喚がありました」

「……………」

向こうの世界にある最後の召喚施設が使われたってことか……？

「そうです。しかも今回は十人や百人ではなく、世界中から一万五千人もの人々が拉致されたのです」

「一万……五千……だと？」

あまりにも多すぎる数に思わず放心してしまう。

それだけの数が召喚されたら、時空壁が……そういうことか。だから、ビッグネームがここに集まったのか。

だが、集まってどうする？　俺に怒りをぶつけるつもりか？

「今回のことで私たち地球《この星》の神々は、とても怒っているのは確かですが、ツクルさんに怒りをぶつけるようなことはしません」

「つまりは？」

「今回のことはあまりにも酷いのです。今も神々が時空壁を修復するために日夜働いています」

一万五千人を拉致したんだ、時空壁に開けられた穴も大きいんだろうな。

「はい。とても大きくて私たちはしばらく時空壁の修復だけで手一杯です」

それで、この三人が揃った意味は？

「神であってもやってはいけないことがあるのです。ですから今まで異界へ干渉するのは避けてきました。ですが、今回は堪忍袋の緒が切れました」

ヒルメさんからあり得ないほどの殺気が放たれる。

「「くっ!?」」

俺だけでなく、左右にいるゼウスとブラフマーもヒルメさんの殺気を受けて顔を歪めた。

「あら、私としたことが失礼しました。うふふふ」

今の殺気を出した後では、その笑顔も恐ろしく感じるぜ。

だが、今の言葉を聞く限り、ヒルメさんはあっちの世界に干渉するつもりのようだ。

だから、この三人が集まったというわけか?

「ツクルさんはすでに召喚施設を使った存在に近づいています。私たちがお手伝いをしなくても真相に近づくなんて、さすがですね」

ヒルメさんがさ・っ・き・の殺気をなしにしようと、とてもいい笑顔で話しかけてくる。

親父ギャグのようになったが、狙ったものではないからな!

「俺が真相に近づいた? それは……」

「神獣です。神獣を倒して得られる神玉を集めてください。そうすれば、諸悪の根源に辿りつけます」

「神獣を創造した存在が、今回の黒幕ってことか?」

「そうです。あの者はあの世界の神。ツクルさんでも勝てる見込みはほとんどゼロでしょう」

「……」

「ですから、私たちはツクルさんたちに力を与えることにしました」

そこでヒルメさんがゼウスとブラフマーを見た。

「俺は赤毛のお嬢ちゃんにプレゼントだ」

ゼウスがどこからか何かを取り出して机の上に置いた。

「これは……？」

大きな赤い宝石のネックレスだ。

だが、その赤い宝石をよく見ると、ルビーのような深紅の中で炎のようなものがゆらゆらと動いている。

「これは炎の神であるヘーパイストスの首飾りだ。赤毛のお嬢ちゃんの力を強化してくれるだろう」

圧倒的な炎の力を封じた首飾りのようだ。

「俺からはこれだ」

ブラフマーが出したのは、イヤリングか？

真珠のよう見えるが、白色と黒色の球がついている。

「これはシヴァの耳飾りだ。破壊の力が込められたもので、サーニャとかいう少女に与えるがいい」

「サーニャに？」

「魔王の魂を持つあの少女であれば、この力を使い熟すことができるだろう。てか、魔王用に用意したものだ」

魔王……か。だが、今のサーニャは歩のころの記憶もないが、大丈夫なのか？

「心配はいらん。魔王の力に覚醒するまで、このシヴァの耳飾りは効果を発動しない」

「分かった」

俺は頷き、シヴァの耳飾りを受け取った。

「私からはこれです」

ヒルメさんが出してきたのは、包丁だった。

「これは等由気太神《とゆけおおかみ》の包丁です。ツクルさんは調理師ということで、等由気太神の加護がよいと思いまして、等由気太神の包丁を与えることにしました」

等由気太神というと、伊勢神宮の外宮に祀られている豊受大御神のことだったか？

「そうです。等由気太神は食物の神としても有名だと思いますので、ツクルさんにはぴったりでしょ？」

「ああ、とても嬉しいが……。これ、戦闘に役立つのか？　武器ならこの黒霧があるんだが？」

「それは【究極調理】の時に役立ちます。最近、とても面白い料理の効果を開発しましたよね？　その包丁を使ってみてください」

よく見ているな。ストーカーかよ。

ヒルメさんは「うふふふ」と口元を隠して笑った。

▼▼▼

神々から神器をもらった俺たちは、さっそく神獣と戦うために北へ向かった。

残念ながら神器をもらえたのは、俺、カナン、サーニャの三人だけだったが、それでも俺たちはやる気満々だ。


「甲殻王って、でけーな」

ガーベインもデカかったが、甲殻王はもはや山だった。

甲殻王を上空から見ると、カメの甲羅の上に樹木が生い茂っている感じだ。

首や手足は甲羅の中にしまっているのか見当たらない。

樹木に覆われた甲羅も見えないのに、なんで甲殻王だと分かったかと言うと、その樹木が矢のように飛んでくるからだ。

まさか大木が矢代わりに飛んでくるとは思ってもいなかったので、最初は焦った。まあ、二度、三度と飛んできても驚きもしないが。

「ご主人様、いって参ります」

「おう。気をつけろよ、ハンナ」

ハンナが空飛ぶ魔法の絨毯から甲殻王に向かって落下していく。

自由落下するハンナのメイド服のスカートの中はなぜか見えない。

「うっちまーーーす♪」

カナンが燃え盛る大賢者の杖を掲げて魔法を発動させると、山のような甲殻王の甲羅が炎に包まれる。

その胸元には、ゼウスからもらったヘーパイストスの首飾りが深紅に輝いている。

「おーい、ハンナが炎に突っ込むんだけど！」

「あ、忘れていたのです~。てへぺろ」

てへぺろって……。まあ、ハンナなら何とかするだろう。

「聖霊の皆さん、私に力を貸してください」

一ノ瀬が【聖霊召喚術】を発動させると、剣を持った英雄の霊が具現化した。

なんとなく黒霧の人化した姿に似ているその英雄の霊は、ハンナの後を追う形で飛んでいく。

「皆さんを支援します。英雄の行進。ラ~ララーラ~ラー♪」

アリーの歌は聞いていると気持ちが高揚し、能力を底上げしてくれる。

「風よ、甲殻王を切り裂きなさい」

アンティアの魔法が発動すると、樹木が切り倒されていく。

カナンの炎とアンティアの風が相まって、炎の勢いが増していくのが分かる。

「私も負けてられないね！」

サーニャが海竜王牙トマホークを投げ、甲殻王の甲羅にズバンッとめり込む。

海竜王牙トマホークがサーニャの手元に戻り、また投げる。

サーニャもブラフマーからもらった白色と黒色のシヴァの耳飾りをつけている。

神器を身に着けたカナンの魔法とサーニャの投擲は、明らかに威力が上がっているのが分かる。

自由落下していたハンナが燃え盛る炎の中に飛び込んでいくのが見えた。

刹那、炎がドーム型に開けその中心にハンナがいるのが見える。

ハンナは甲殻王に拳を叩きつけ、地面（甲殻王）の甲羅を破壊していく。そのハンナに続いた英雄の霊も甲殻王に到達して攻撃する。

皆の攻撃を受けて甲殻王が地面を揺らして動き出した。

頭が出てきたが、その頭はカメというよりはヘビに近い。

さらに両手両足そして尻尾もでてきたが、それら全てがヘビの顔だった。つまり、六本のヘビの顔が出てきたことになる。

頭ばかりでどうやって動くのかと思ったが、甲殻王も空を飛べるようで浮かび上がってきた。

だが、その速度は獣王ガーベインとは比較にならないほどゆっくりで、まるで天空に浮く島のようだ。


「ご主人様の前で無様な姿は曝せません！」

ハンナの気合がこもった一撃が甲殻王の甲羅にヒビをいれる。

ヒビを入れたことに満足しないハンナは、腕を振り上げて気合の連打を繰り出した。

『人の子たちよ、我に挑むとは身のほどを知らぬようだな』

こいつも【念話】で語りかけてくるんだな。

『お黙り！』

ハンナがぴしゃりと一言言って拳を打ちつけ、ヒビの入った甲羅を砕いた。

『貴様!?』

破壊された甲羅は徐々に再生していくが、その再生が追いつかない。

怒った甲殻王は、ヘビの頭をぐぐと甲羅の上まで伸ばして、口を開けた。

何をするのか何となく分かったが、俺は見ているのに終始する。

『思い知るがよい！』

甲殻王の口から毒々しい黒紫の液体を吐き出した。

『そんなもの！』

ハンナは押し寄せる黒紫の液体に向かって高速で拳を何度も突き出して、その拳圧で液体を弾く。

『私を忘れていませんか〜？』

カナンがヘビの頭に向かってレーザーのような炎の攻撃を放つと、スパッとヘビの頭が焼き切られて地面に落ちた。

その光景を見た他の頭が目を見開き、驚きを露わにする。

『おのれぇぇぇっ！』

五つの頭すべてが毒々しい黒紫の液体を吐き出す。

だが、ハンナは闘気によって身を守り、実体のない英雄の霊には効かず、離れた場所にいるカナン、一ノ瀬、アリー、アンティア、サーニャには届かない。

しかも、ハンナを守るようにカナンの炎が黒紫の液体を焼き、アンティアの風が黒紫の液体を切り裂く。

「お姉ちゃんだけじゃないんだよ！」

サーニャが海竜王牙トマホークを投げ、ハンナの攻撃によって砕かれた甲羅に深々と刺さり甲殻王が悲鳴のような声をあげた。


皆が甲殻王にここまでダメージを与えることができるのも、俺の変身強化の焼き肉があるからだと思う。

もし変身強化がなければ、ここまで甲殻王にダメージを与えられなかったはずだ。

俺がもらった等由気太神の包丁は、【究極調理】の効果を上げてくれる神器で、変身強化の特徴であった変身をわずかに抑えてくれ、さらには部分的だった効果範囲が全体になったのだ。

等由気太神の包丁を使った変身強化の焼き肉を食った皆は、容姿の変化はほんの少しで身体能力と魔法を強化できているため、甲殻王に対しても大きなダメージを与えている。

しかも、俺がガーベインと戦った時よりもはるかに強化されている。

俺のガーベイン戦はなんだったのかと思わないではないが、等由気太神の包丁によって俺の料理が強化されたのだから喜ぶべきだろう。

『うおぉぉぉぉぉぉぉぉぉぉぉっ』

甲殻王が大量の樹木を射出し、空飛ぶ魔法の絨毯の上にいる俺たちを狙う。

「させません！」

空飛ぶ魔法の絨毯が風の渦に包まれ、全方向から飛んでくる樹木を防いだ。

「さすがアンティアさんです！　私も負けていられません」

アリーが唄巫女のマイクを構えると、息を大きく吸って吐き出すように「あーーっ」と声を出した。

その声によって、樹木が分解されて消え去った。

アリーの超音波を超える超音波・極は地味だけど、めっちゃヤバイ。人間も一瞬で分解するこの攻撃は、音が伝わる場所の全てに効果がある。


皆の攻防一体の戦いによって、甲殻王はなす術なく甲羅に大きな穴を開けられて沈黙した。

簡単に勝ったと思うかもしれないが、甲殻王の防御力は神獣中最高だ。

その防御力を凌駕する皆の攻撃力、そしてその攻撃力を支えた俺の変身強化の焼き肉の勝利である。


甲殻王から『世』の神玉を得た俺たちは、次なる神獣を倒すために南に向かった。

南には鳥獣王がいると言われているが、その鳥獣王は鳥ではなくグリフォンだった。

ワシの上半身とライオンの下半身をもつ鳥獣王の体は黒で統一されていた。

最初、黒い翼からカラスかと思ったが、よく見るとワシだった。

『獣王と甲殻王を倒した者たちか。我は鳥獣王、グリプス。お前たちの力を見せてもらうぞ』

鳥獣王グリプスは最初から全力で飛んできて攻撃してきた。

その速度は獣王ガーベインほどではないが、空を飛ぶのはグリプスのほうが一枚上手のようで、アクロバティックな動きもお手の物らしい。

「黒霧、いくぞ！」

「任せろ！」

俺は黒霧を抜き、グリプスを迎え撃った。

ガーベイン戦で光速を超えた俺の動きは、さすがの超獣王グリプスでもとらえきれず、その両の翼を切り落とす。

『何!?』

グリプスは光速を超えた俺の敵ではない。

『ぐあああっ』

神獣だけあって多少手こずったが、レベルが上がっているおかげもあってガーベイン戦のような危機的状況にはならなかった。

グリプスから『朽』の神玉をもらい、最後に残った東の竜王に会いにいく。

竜王は東洋龍のように長い体で、その鱗は金色に光り輝いていた。

体をくねくねとうねらせて空を飛ぶ姿はなかなかかっこいい。

『我が名は龍王サウローン。人の子たちよ、我を倒してみよ』

ん、『竜』ではなく『龍』なのか？　まあ、東洋龍の場合、『龍』のほうがしっくりくるけど。

「こいつは、皆で殺るぞ」

「「「「はい（なのです～）」」」」

サウローンの体が炎に包まれるが、サウローンの体が光って炎を吹き飛ばしてしまった。

ガーベインは神獣の中でもこの龍王が最も厄介な相手だと言っていたが、まさかカナンの炎を一瞬で吹き飛ばすとは思わなかった。

「ハンナ、いくぞ」

「お供いたします！」

俺とハンナは空気を蹴り、空中を走る。

その間にアンティアの風の刃とアリーの超音波・極で攻撃したが、サウローンは体を光らせて無効化している。

エンペラードラゴンの【覇動】のようなものだが、どちらかというと防御に特化した光だ。

俺の横を海竜王牙トマホークが飛んでいき、サウローンの鱗にめり込む。

サーニャの海竜王牙トマホークでさえ、鱗にめり込む程度の傷しか与えられないことを考えると、サウローンの防御力はジンキよりも上だと思われる。

ジンキは甲殻王のことだ。戦いの後に自己紹介されたので知った。

「黒霧、気合を入れろよ！」

「ふんっ、ツクルこそ気を抜くんじゃないぞ！」

サウローンが鱗を射出してきた。ちょっと驚いたが、避けて黒霧で斬りつける。

「硬い!?」

鱗一枚を斬り落としたが、大した傷ではない。

「くっ!?」

俺の後からハンナも拳を叩きつけたが、その攻撃もサウローンの鱗を一枚破壊しただけで終わる。

『がーっはははは。こそばゆいわ！』

『舐めるな！　鱗剥ぎ！』

鱗を数枚剥ぎ落したが、これも大きなダメージはなさそうだ。

サウローンの体の色が青色に変わった。

『これでどうだ!?』

何事かと警戒したが、サウローンの体の周りを水が包み、その水が触手のように伸びて俺たちを攻撃してくる。

触手のくせに、その先端は槍のように鋭く、刺されば痛いでは済まないだろう。

「きゃっ!?」

「ハンナ!?」

触手の槍に貫かれ、ハンナの左腕が宙を舞った。

「ハンナ、退くんだ！」

「も、申しわけありません」

ハンナを退かせて俺は触手の槍を黒霧で斬る。

水で創られているためか、触手は手応えもなく斬れる。しかし、斬っても斬っても触手の槍の数は減らない。

「べーゼ！　この水を凍らせろ！」

「承知しました。主様」

空間を裂くようにしてべーゼが出てくると、【極寒魔法】でサウローンの周囲の水を凍らせていく。

『ほう、面白い』

するとサウローンの体が今度は深紅に色が変わった。

すると、氷から湯気が上がり、蒸発していく。その後には、深紅の炎を纏ったサウローンが現れる。

「色々な属性を操るのか、面倒な奴だな」

だが、面倒なだけで倒せないわけではない。

「ご主人様。ふがいない姿をお見せし、申しわけございません」

腕が再生したハンナが、戦線復帰した。

「ハンナの腕を傷つけた報いは受けさせる」

俺はハンナの頬に手を当てる。

「ご主人様……」

ハンナの頬が朱に染まり、やや熱を帯びる。

ドゴンッ。

サウローンの胴体に海竜王牙トマホークがめり込んだ。

今度は鱗一枚ではなく、皮を突き抜け肉にまで達しているようだ。

水を纏えば水を抜けるときに多少なりとも威力が減衰するが、火ならそういうこともない。

しかも金色の時よりも火のほうが防御力は弱そうだな。

属性によって能力が変わるということか？　なら、やってみるか！


【覇動】を体に纏わせる。

「ハンナ、いくぞ」

「はい！」

炎に包まれたサウローンへ一気に近づき、黒霧を一閃する。

俺たちが炎ごときに近づけないなんて思うなよ！

ハンナだって闘気を体に纏って炎を防いでいるから、数秒ならなんてことはない。

『ぐっ、我に……うぉぉぉぉぉぉぉぉぉぉぉぉぉっ！』

今度は銀色に変わったサウローンに黒霧を一閃。

キーンッと甲高い音がして弾かれた。どうやら銀色は最も防御力が高いようだ。

しかし、黒霧をここまで弾くとはな、ちょっと自信を無くしてしまうじゃないか。

「ハンナ！」

「はい！　はーーーっ！」

ゴンッ！　ゴンゴンゴンッ！　ゴゴゴゴッ！

『無駄だ。我が体はそんなことでは傷つかぬ！』

「そんなものぉぉぉぉぉっ！」

ドゴンッ。バリバリッ。

『ぬっ⁉』

「これでーーーっ！」

銀色に輝く胴体にヒビが走り、ハンナが渾身の一撃を放つと巨大な穴が開いた。

『ぐおおおおっ！』

銀色の体は確かに硬いが、硬いというのはそれだけ衝撃を吸収しない。だったら衝撃を与えてやればいいわけだ。

『ぎゃぁぁぁぁぁぁぁぁっ⁉』

追い打ちで海竜王牙トマホークが穴にめり込み、さらに肉と骨を破壊しながら突き進んだ。

海竜王牙トマホークによって完全に貫通した穴は、見事に向こう側が見える。

『余裕ぶっこいてんじゃねぇよ！』

俺も必殺技（三）の氷龍絶界撃を放つ。

この氷龍絶界撃の冷気で冷やされた銀色のサウローンの体に今度は必殺技（一）の業火剛斬を叩き

こむ。

『ぎゃぁぁぁぁぁぁぁぁっ!?』

サウローンの胴体を真っ二つにした。

「今だ、皆、思いっきり叩きこめ！」

カナンの炎、アンティアの風、アリーの超音波・極、そして一ノ瀬の賢者の聖霊による攻撃が容赦なくサウローンを破壊していく。

白目を剥いてピクピクと痙攣しながら、サウローンが地上へ落ちていく。

地面に落ちたサウローンは土煙を巻き上げた。

サウローンからは『万』の神玉を得た。これで四つの神玉が集まった。

『不』『世』『朽』『万』の神玉になんの意味があるのだろうか？

006 ハッピーエンドには……

岐阜県の下呂温泉にいった時に、珍しい酒を手に入れた。同じ岐阜県でも下呂温泉からかなり離れた場所で醸造されていて、年間生産量がかなり少ない酒だと聞いて、わざわざ買いにいったというのが真実なんだが。

清酒『いび』。独自の酒米『揖斐●誉』を使っている酒で、酸味の後にやや苦味があって軽い飲み口の酒だ。

あ、言っておくが、俺は酒を飲める年齢だからな。日本でもアルグリアでも酒を飲んで問題ないぜ。

神玉と言われる四つの水晶を眺めながら、お猪口の『いび』をくいっと喉に流し込む。トライア《イ》ングルクラーケ《カ》ンの塩辛をつまみに晩酌しているが、これがいい感じに合う。次はエータ《タ》クラーケ《コ》ンわさびを……これも合うじゃないか。

「それで、この『不』『世』『朽』『万』というのは、なんだと思う？」

一緒に晩酌している一ノ瀬に聞いてみる。

「これ、多分だけど……万世不朽《ばんせいふきゅう》って読むんじゃないかな？」

たしかに文字を並び替えれば万世不朽と読める。

「それって四字熟語か？」

もし四文字熟語でもここは異世界なのに、なんで日本の四文字熟語なのか？

「たしか、万世不朽は永遠に滅びないっていう意味だったと思うわ」

さすがは一ノ瀬だ、俺なんかさっぱり分からなかったぞ。箸で神玉を突っついて弄ぶ。

「まあ、ガーベインのところにいけば、この四つの神玉を集めた意味を教えてくれるだろう」

ガーベインとの戦いが一番苦労したからか、戦いの後に意気投合して仲よくなってしまった。

意思疎通ができる相手だから、話すと意外といい奴なのが分かったのだ。

タコわさびを咀嚼し、わさびのぴりりとした辛みとタコの歯ごたえと甘さを楽しみ、くいっとお猪口を傾けて『いび』を喉に流し込む。

「美味いなー」

目の前には浴衣に着替えた妻たちとサーニャがいて眼福だし、美味い酒を飲める幸せをかみしめる。


翌日、俺たちはガーベインのもとを訪れ、神玉のことを聞く。

『もう集めたのか？　早くないか？』

ガーベインは地面に体を預けた状態で顔だけをこちらに向けた。

『善は急げっていうだろ？』

『……まあいい。その神玉を集めたら祠に納めるがいい』

『祠？』

『うむ、今はツクルのような人族が多く住む大陸にある祠だ』

『へー、そんなところがあるのか』

『その祠に神玉を納めたら門が現れる。その門の前に門番がいるから、ツクルたちのことを認めさせればいい』

認めさせるってことは、力を示せってことか。

『要は門番をぶっ飛ばせってことだな』

『門番が認めるのであれば、それでいい』

『随分ともったいぶった言い方じゃないか』

『我にも分からぬのだ』

分からないのかよ。まあ、門番に聞けばいいか。


ガーベインに大体の場所を聞いて、祠というものを探した。

その祠は旧ラーデ・クルード帝国の神殿。つまり、クソジジィをぶっ飛ばしたあの神殿にあった。

神殿は廃墟になっているのだが、その廃墟の地下に祠があった。

「かなり念入りに破壊したつもりだったが、まだこんな場所があったのか……」

「なんだか不思議な……力のようなものを感じる場所ですね」

アリーの尻尾の毛が逆立っている。

見ると、ハンナとサーニャも同じで、可愛らしい尻尾が台無しだ。

アリーの尻尾を優しく撫でてやると、次第に逆立った毛が落ち着いていく。

ハンナとサーニャも同じように撫でてやり、落ち着かせた。

「こんなところがあるなんて聞いたこともありませんでした」

「アンティアでも知らないことがあるんだな」

「残念ながら、この世の中は分からないことばかりです」

アンティアが口元を手で隠して妖艶に笑う。

「それじゃ、あの祠に神玉を納めるとするか」

祠には四つの神玉を置くと思われる台座があり、取り出した神玉を適当に置く。

「……何も起きないな？」

「順番があるのかも……」

一ノ瀬の言葉で、『不・世・朽・万』を『万・世・不・朽』に並べ替える。

刹那、視界が白色に染まる。


気づくと祠はなく、巨大な門が目の前に聳え立っている。

俺の後ろには皆もいて、その巨大な門を見上げていた。

「門があるのに、城壁のようなものはない。不思議なものだな」

正直な感想を述べると、門がゆっくりと開いていく。

「門番がいるんじゃなかったのか？」

「その門番が出てくるようです」

アリーの言葉通り、門が開いて見える向こう側に何かがいるのが分かった。

気配がほとんどないので気づかなかったが、アリーの耳には門番の何かが聞こえていたのかもしれない。

てか、門番って普通は門の外にいるんじゃないのか？

完全に門が開き、門番らしきものがそこに佇んでいた。

「……狛犬？」

神社などの門を守っている狛犬のような風貌の二体が俺たちを見つめている。

一体は口を開け、一体は口を閉じている。俗に言う『阿吽』の狛犬だ。

「これ、入っていいんだよな？」

狛犬はただ佇んでいるだけで動こうともしないし、俺たちに語りかけてもこない。

「入ったら何らかのアクションがあるのかな？」

一ノ瀬が首を傾げる。

「ここで待っていても仕方がありませんし、入ってみれば分かるでしょう」

アリーは意外と楽観的な考え方をする。

「ご主人様、何があるか分かりませんので、私が先頭で入ります」

ハンナは相変わらず俺を第一に考えてくれているが、それでは俺がハンナの影に隠れているようで不本意だ。

「俺がハンナを盾にしているようでカッコ悪いから、ハンナには悪いが俺が先にいくよ」

「出過ぎたことを申しました」

「いや、いいよ。ハンナが俺を大事に思ってくれているのは分かっているから、俺はいつもハンナに感謝しているんだぜ」

ぽんぽんと頭を軽く叩くと、ハンナが頬を染めてもじもじした。いつもクールなハンナのそういった仕草がとても可愛い。

ゆっくりと門に入っていく。

『選ばれし者よ、よくきた』

こいつらも【念話】で話しかけてくるのか。しかし、妙に子供っぽい声だな。

『ガーベインに聞いてやってきたんだが、ここを通らせてもらうぜ』

『構わぬ』

今度は違う声がしたが、それも子供っぽい声だ。

うーん、口を動かしていないから、どっちが喋っているのか分からない。

『だけど、この門を通るには資格を示せ』

『資格？　どんな資格だ？』

『なんでも構わぬ。お前たちの得意とすることを我らに示せ』

得意としていることか。

俺は振り向いて後ろの皆を見ると、皆は頷いた。

『それじゃあ、私から得意なことを見せます～』

最初はカナンがいくようだ。

『何を見せるのだ？』

『ご飯を食べます！』

俺はカナンらしいと思った。

カナンと言えば大食いか魔法だ。

『ならばこれを食いきるといい』

目の前にドンッとテーブルと椅子、そして料理の数々が現れた。

どういう仕組みになっているのか分からないが、即興でこれだけの料理を用意できるこいつらは何者だ？

『わー、美味しそうです～♪』

優に三十人前はありそうな料理を前にカナンはとても嬉しそうな表情をし、フォークを手に持って「いただきます～♪」と言って料理を食べ始めた。

『『……………』』

まあ、分かり切ったことだが、狛犬が用意した料理の数々はカナンの胃袋の中に収まった。

『いやはや、こんなに食べる人間を見たのは初めてだ』

カナンにかかれば三十人前くらい朝飯前だろう。

『ここにやってきた人間は初めてだから当然だが』

狛犬のところまでやってきたのは、俺たちが初めてのようだ。

あのガーベインたちを倒すのはかなりハードルが高いから当然と言えば当然か。

カナンが皆とハイタッチして、最後に俺もハイタッチした。

『次は私です』

ハンナがスッと前に出た。

『お前の得意なことはなんだ？』

『私はご主人様のメイドでございます。お菓子作りが得意です』

うん、ハンナが作るお菓子はクッキーもケーキもなんでも美味い。菓子に限れば、調理師の俺以上の腕前だと言っても過言ではないだろう。

『ならば、この材料で我らが美味いと思える菓子を作るがよい』

カナンが平らげた料理の皿が消えて、代わりに料理の材料が現れた。さらに、流し台や冷蔵庫、オーブンなどが現れる。便利なものだ。

『お菓子を作ってもご主人様が食べないのでしたら作り甲斐がありませんが、仕方がないので作ってさしあげます。はぁ……貴方たちに食べさせるのは勿体ないですが』

嬉しいことを言ってくれるが、狛犬たちがめちゃくちゃ困っているぞ。

俺も狛犬の立場だったら、そういう表情をするかもな……。

ハンナは材料をさっと見て、考えることなく作業に入った。

慣れないレイアウトで材料も自分が用意したものではないので、普通なら手間取ったりするのだが、ハンナの動きには淀みがない。

でき上ったのはプリンだ。作り方を見ていたので分かるが、日本で流行っているイタリアンプリンだな。

『……美味い』

『ああ、こんな菓子は見たことも聞いたこともない』

イタリアンプリンはここ とは違う世界で食べられているのだから、この世界の神を守っている狛犬では食べたことがないのも当然だ。

ハンナも合格して、次はアリーが歌を披露した。まあ、アリーも合格だ。

次はサーニャで、サーニャもメイドを強調したが、ハンナと違って洗濯が得意といったらかなり汚い布が出てきた。

布はかなり弱い素材だったが、サーニャが丁寧に染み抜きなどをして合格した。

一ノ瀬は編み物が得意ということで、二体の狛犬にレースのストールを編んでやったら、狛犬たちはその精巧さに驚いていた。

最後はアンティアだが、アンティアの得意なことってなんだろうか？　今さらながらまったくアンティアのことを知らない俺に、自分でビックリしている。

『うふふ、私はツクルマスターなのです！』

『はぁ？』

アンティアの言葉に俺は思いっきり呆けてしまった。

『いいだろう、ツクルマスターにはこの問題を解いてもらおう』

えっ、いいのかよ!?

てか、ツクルマスターってなんだよ？


ひらひらとアンティアの前に紙が落ちてきて、それを手に取ったアンティアはにやりと口角を上げた。


いったい、どんな問題なんだろうか？

『うふふふ。私にこの程度の簡単な問題を出すとは侮られたものですね』

アンティアは俺の生年月日に始まった問題をすらすらと回答していった。

『あと二問ですね。ふむ、ツクルの好きな体位ですか。これは〈ピーーー〉で〈ピーーー〉なのですよ！』

ぐはっ！　俺はその場に蹲り血反吐を吐いた。

『おい、狛犬野郎！　そんな質問をするんじゃねぇよ！』

『ツクルマスターであれば、ツクルのことをなんでも知っているということだ。だから、ツクルについて質問しているにすぎない』

ああ言えばこう言う……。

『最後はツクルの黒子の数ですか。うふふ、ツクルの体を知り尽くした私にかかれば、このような問題は簡単なのです』

嬉しいような、悲しいような……。

『ツクルの黒子の数は二十九個です！　ふふふ、お尻の穴の横や〈ピーーー〉の裏にもあるのです！』

ぐはっ！　俺はもう立ち上がれない……。

『全問正解だ』

『合格と認めよう』

狛犬たちがアンティアの合格を宣言したが、俺は地面に伏したまま立ち上がれない。

『次は……そこで倒れているお前だが……なぜ倒れているのだ？』

『く、くそぅ……。こうなることが分かっていて、俺を最後にしたんだな！』

『……この人間は何を言っているのだ？』

俺は力を振り絞り幽鬼のようにゆらゆらと立ち上がった。

『人間よ、何が得意だ？』

『言うまでもない。俺の特技は料理だ』

『ならば、料理を作るがよい』

ハンナの時のようにキッチンなどが……出てこない。

『材料と器具は自分で用意しろ。制限時間は二時間だ』

『……お前ら、俺にだけ厳しいじゃねぇか！』

『もう始まっているぞ。早くしないと時間切れになるぞ』

『くっ、やってくれる』

だが、俺にそんな嫌がらせは無意味だ。

【素材保管庫】からキッチン、冷蔵庫、オーブンなどをどどーんと出してやった。

『『………』』

二体の表情は分からないが、間違いなく動揺しているだろう。

俺がどこでも料理できるように、これらのものを収納していたのを知らなかったようだ。


『『美味い……』』

ふっ、俺の料理を食って不味いと言ったらぶち殺していたところだ。命拾いしたな。

『これで門を通っていいだろ。いくぜ』

『待つのだ』

『まだ何か用か？』

『まだ得意なものを聞いておらぬ者がいるぞ』

『ん？』

なんだ、何を言っているんだ？

『どうやら私のことを言っているようだな』

黒霧が人化した。

なるほど、確かにまだいたな。

『お前は何が得意だ？』

『ふっ、剣！』

黒霧の言葉が引き金になって、地面が盛り上がっていく。

盛り上がった地面は人間の姿に変わっていく。のっぺらぼうの土人間だ。

「ツクル、私の剣を」

「おう」

【素材保管庫】に入れてある剣を黒霧に渡すと、黒霧は二度軽く振って状態を確かめる。

『いつでもいいぞ。かかってこい』

黒霧の言葉で土人間は剣を構えて、地面を蹴った。

圧倒的な速さで黒霧に迫る土人間は、黒霧の胸に向けて剣を突き出した。それだけ見ても、達人の域に達しているのが分かる。

だが、黒霧も達人、いや、達人を超越している存在だ。

滑らかな動きで土人間の剣を躱し、蹴りを入れた。

蹴り飛ばされた土人間の脇腹がぼろぼろと地面に落ちるが、落ちた土は再び土人間にくっついた。

便利なものだ。

土人間は喋ることはできないらしく、悲鳴も何も出さない。

そもそものっぺらぼうの顔だから口も開かないし、表情自体がない。

土人間が苛烈な攻撃を繰り出すが、黒霧はその攻撃をことごとく躱す。

『もう終わりか？』

『……』

土人間は答えないが、攻撃がまったく当たらないので焦っているのが伝わってくる。

こんな人形にも感情があるのかと思うかもしれないが、しっかり殺気も出しているし動揺だって伝わってくるのだ。

『あまり時間をかけても意味はなさそうだ』

右手で持つ剣を下段に構えた黒霧は、じりじりと土人間ににじり寄る。

土人間は黒霧から距離を取るように後退していく。

この時点でこの勝負はついていると言っていいだろう。すでに土人間の戦意はぽっきりと折られているのだ。

黒霧の姿がぶれた瞬間、土人間は真っ二つに両断されて土に戻った。

『つまらぬものを斬ってしまった……』

日本のアニメに感化されすぎだ……。

『お前たちの力は確認した。門を通るがいい』

『この先は神がおわす神域。失礼のないようにな』

失礼のないようにだと？　バカを言ってくれる。

俺たちは、その神とやらをぶっ飛ばしにいくんだよ。くくく。

門と狛犬たちの間を通ってその神域とやらに入っていくと、視界が白一色に切り替わった。

地面も空中も全て白。それでいて地面と空の境は分かる。

「神域だからって白一色なのは、使い古されたシチュエーションだな」

「じゃあ、これはどうかな？」

子供っぽいやや高い声色が聞こえた瞬間、真っ白な空間が真っ暗に変わった。

「とうとうラスボスのお出ましか」

真っ暗になっても問題はない。【暗視】や【気配感知】など俺たちには敵を知る術を持っている。

「ラスボスは言い得て妙だね。ぷっぷっぷっ」

真っ暗な中にぼわっと浮かぶ狐火のような火がいくつも現れ、その中心に子供のような体型の白髪の老人が現れた。

そして、狐火の光が大きく眩しくなって暗闇の世界を塗り替え、どこかの廃墟のような場所に切り替わった。どうでもいいが、無駄に凝った演出だな。

「お前が神か？」

「そうだよ。僕が神だよ。うふふふ」

顔には深いしわがいくつもあるが、神から放たれる気配は尋常なものではない。

「お前がクソジジィの親玉か？」

「クソジジィ？」

「あー……。たしかテマスとか言った人族のエンシェント種だ」

「あぁ、テマスね。うん、僕の配下だったよ。君たちに別の世界に送られてしまったけどね。くくく」

両手を口に当ててバカにしたように笑いやがって、気に入らねぇな。

「お前の配下のテマスに、俺たちを召喚させたのはなぜだ？」

「それを知りたいの？　面白くないから言わなーーーい。あははは」

「てめぇ、舐めてるのか？」

「そんなことないよ。僕は漆黒の勇者のことをとても高く評価しているよ。くくく」

「漆黒の勇者……。俺の装備は黒一色だから漆黒は認めるが、俺は勇者じゃねぇ！」

「そんなことないよ。君は間違いなく勇者だよ。あぁ、そうだ、捨てられた勇者だからガベージブレイブとでも言おうかな？　くくく」

「この野郎……おちょくりやがって」

こいつは俺を怒らせようとしているようだな。何が目的だ？

「俺が配置したドッペルゲンガーを倒したのもお前か？」

怒りを抑え込むように話を変える。

「うん、そうだよ。あははは」

「目的はなんだ？」

「ん？　ただの暇つぶしだよ」

呆れたような表情をしやがって……本当にムカつく野郎だ。

「地上から人族を攫ったのもお前か？」

「うん。彼らにはがんばってもらったよ。くくく」

がんばった？　何をさせたんだ？

そう言えば、地球から勇者を召喚するのに、召喚した勇者を生贄にしようとしていたっけ……。

九条と数人はこの世界に残したが、勇者は死んだか俺が地球に送還した。

そしてあの大規模な召喚……繋がりがないと言うほうがおかしいな……。

「最近、地球から大勢の人間を召喚したのもお前か？」

「うん、そうだよ。この世界の住人の命を大量に使って、地球から多くの勇者を召喚したんだよ。くくく」

本当にいらいらする笑い方だ。しかも、自分の世界の人間を平気で生贄にしてやがるところが気に入らない。

もっと気に入らないのは、なんの関係もない地球から多くの人を拉致してきたことだ。

「その人間たちはどこにやった？」

「もういないよ。くくく」

「いないだと……？」

「そう、彼らは僕が吸収したから。だからもういないよ。あははは」

「吸収……お前が取り込んだってことか？」

「くくく。何をそんなに怒っているの？　ガベージブレイブは他人に興味がないよね？　なんで？　くくく」

「他人に興味がないと誰が言った？」

「ガベージブレイブの行動を見ていたら分かるよ。どうやらガベージブレイブは、そこにいる女の子たちと極わずかな人にしか興味を持っていないよね。くくく」

こいつは俺の行動を見ていたと言うのか？　なら、俺がここへくるのも分かっていたはずだ。どうして邪魔をしない？

てか、ガベージブレイブ、ガベージブレイブとうるさい野郎だ。

「邪魔なんてしないよ。僕は退屈なんだ。だから、僕を楽しませてくれそうなガベージブレイブをずっと見ていたよ。くくく」

「退屈だから俺を見ていただと……？」

「そうだよ。退屈だから種族間で争わせたり、退屈だから異世界からガベージブレイブのような勇者を召喚させたりしたんだ。うふ、うふふふ」

こいつは退屈を紛らわせるために、人族と他の種族を争わせ、俺たちをこの世界に召喚したのか。

「そう言えば、そこにいる元魔王の魂も僕が召喚させたんだけど、あの時は本当につまらなかったなぁ。でも、勇者を召喚して殺してやったけどね。あーははは」

こいつが歩を召喚させただと……。

「この野郎……」

「あ、怒ったの？　何を怒っているの？　魔王の魂はこうして獣人の子に転生しているじゃないか。まあ、僕もガベージブレイブの元に魔王の魂が集まるとは思ってもいなかったけどね。ひゃーーーっははははははは！」

「許さねぇ……」

「ん？　何か言った？　あははははは」

「てめぇだけは許さねぇっ！」

黒霧を抜いて、神に突きつける。

「いいよ。最初から僕と戦うつもりできたんだもんね！　くくく」

「話がはやいじゃないか。まあ、とぼけてもぶっ飛ばすけどな」

こいつをぶっ飛ばさなければ、俺の気が晴れない。

「ガベージブレイブだけだとすぐ終わっちゃうから、皆まとめておいでよ。すぐに終わったら面白くないからね。あーっははははははは」

俺は皆の顔を見た。

皆はやる気満々で、特にサーニャは鼻息が荒い。

「あいつのせいで、私の前世のアユムちゃんは殺されてしまったんだから、ここで仇を討たせてもらうからね！」

「あははは。僕と戦っても仇は討てないよ。だって、僕は強いからね。くくく」

「お兄ちゃん、あのにやけた顔をぶっ飛ばしていいよね？」

「もちろんだ！　俺もそうだが、サーニャもあいつをぶっ飛ばす権利はあるぜ」


子供老人の姿の自称神は、俺たちを待っている。

その余裕が気に入らない。そして、そのにやけ顔がムカつく。

「ツクルさん、相手はまがりなりにも神なので気をつけてくださいね」

油断のない視線で神に視線を固定しているのは、アリーだ。

「ああ、分かっている。アリーも無理するなよ」


「ご主人様。あの子を焼き尽くしていいのですよね？」

物騒なこと言うのはカナンだが、その意気やよし。

「骨も残さず燃やしてやれ」

「はいなのです！」


「ご主人様の露払いは、このハンナにお任せください」

覇王の鉄拳サックをガンッと打ち合わせ、気合をいれるハンナは頼もしい存在だぜ。

「おう、バチコーンと言わしてやれ」

「はい！」


「ツクル君。やっとここまできたね」

「ああ、こいつを倒せば、異世界召喚の悪縁も断ち切れるだろう」

「うん。私、がんばるから」

「頼りにしているぜ、一ノ瀬」

一ノ瀬は胸の前で手を握って【聖霊召喚術】を発動させ、英雄の聖霊を呼び出す。

この戦いに臨む一ノ瀬の心意気がひしひしと伝わってくる。


「まさか神と戦うとは思ってもいませんでした。ツクルと一緒にいると退屈しませんね」

「森の中で退屈な人生を送るよりよかっただろ？」

「うふふふ。そうですね。それに、我らエルフの神でなくてよかったです」

「エルフの神は、やっぱりエルフの容姿なのか？」

「うふふふ。どうかしら？」

「なんだ、見たことないのか？」

「神の姿を見るなど恐れ多いことです」

「ふーん。アンティアも意外と普通なんだ」

「エンシェント種は神によって直接創られた存在ですからね」

エンシェント種は神との繋がりが強いってことか。

神と言ってもクソのような奴もいるから、エルフの神がクソじゃないことを願うぜ。


「もういいかな？　準備できたかな？　くくく」

余裕をこきやがって。

「ああ、待たせたな。いくぜ」

「いつでもいいよ。おいで～」

にやけた顔をぶっ飛ばしてやるぜ！

「ハンナ。いくぞ！」

「はい！」

俺とハンナは一気に神との距離を詰める。

ハンナが先手をとって神の顔に拳を叩きつけると、まるで金属の塊を殴ったような鈍い音がした。

「ご主人様、とても硬いです！」

「腐っても神だからな！」

「腐ってもって酷いなぁ～。あははは」

俺も黒霧を振り抜くが、神は黒霧を軽く受け止めた。

「この程度なの？　違うよね～？　くくく」

バカにしやがって！

「ご主人様～」

カナンの声に反応して俺とハンナは神から距離を取る。

その刹那、カナンが放った炎が神を包んだ。相変わらずの熱量で、距離を取った俺の肌さえも焼かれているようだ。

そこにアンティアの【暴風魔法】によって風が送り込まれ炎はさらに熱を帯びる。

カナンとアンティアの魔法の競演で、炎は爆風になり周囲を焼き尽くす勢いだ。

「あははは。こんなものなの？　拍子抜けしちゃうな～」

「何っ⁉」

炎が掻き消えて、神が姿を現した。

「ちっ、まったくきいてないか」

あれだけの炎を受けても余裕の表情をするかよ。神というだけあって、簡単には傷つかないってことだな。

いいさ、それでこそラスボスだ！

「皆さん、がんばってください！　ラ～ラララ～～ララ～ラ～♪」

アリーの歌を背に受けると、後押ししてくれるように力が漲ってくる。

「聖霊さん、お願い！」

今回の一ノ瀬が召喚した聖霊は、支援系の聖霊のようで俺とハンナに身体強化をかけてくれた。

「ハンナ。舐め腐ったあいつを慌てさせてやろうぜ！」

「はい！」

俺の横をハンナが走る。

「次は僕の番だよ～。くくく」

神の周囲にいくつもの光の球が浮かび上がり、それが俺たちに向かって飛んでくる。

飛んできた光の球を避けるが、光の球は意思を持っているように俺たちを追いかけてくる。

「ガーベインの二番煎じかよ」

黒霧で光の球を斬るが、手ごたえがない。ただのこけおどしか？

いや、この光の球からは明らかな殺気が感じられる。当たったら何かしらのダメージがあると思うべきだ。

「ご主人様。この光の球は嫌な感じがします」

「俺もそう思っていた。気をつけろ」

「はい」

「あははは。もっといくよ～」

光の球の数が増え、ざっと二十くらいが俺たちを追いかけてくる。

「私を忘れないでねーっ！」

いくつかの光の球を貫いてサーニャの海竜王牙トマホークが神へ飛んでいく。

海竜王牙トマホークは神の前に現れた防御結界に阻まれたが、その防御結界にヒビを入れた。

「うわー、これはちょっと受けたら危なかったかな。あははは」

「むっきーーーっ！　バカにして！」

サーニャが地団駄を踏んで悔しがる。

だが、サーニャの攻撃で神は防御結界を張り、その防御結界にヒビが入った。

今までの攻撃が効かなかったことを考えれば、大きな一歩だ。

「ん……？」

俺とハンナの攻撃は直接受けたのに、なぜサーニャの攻撃を防御結界で受けたんだ？

ふと疑問が浮かんだが、考えるよりも光の球の攻撃を避けることに意識を集中した。

「あははは。たったそれだけの光玉千弾《こうぎょくせんだん》を捌くのに窮していては、僕を倒すことなんてできないよ。くくく」

光玉千弾の数が増えて百を超えた。

「ちっ、キリがないぜ」

「ご主人様、あれを使ってもよろしいでしょうか？」

ハンナの言う「あれ」というのは、変身強化の焼き肉のことだろう。

序盤から使いたくはなかったが、この数を躱して神に辿りつくためには仕方がないか。

「任せた！」

「はい！」

ハンナが変身強化の焼き肉を口に入れる。

変身強化と言っても、等由気太神の包丁の効果で変身せずに能力を強化できるようになったから、名前を強化だけにするべきか。

「邪魔です！」

強化の焼き肉を食ったハンナのギアが二段も三段も上がり、気合一つで光玉千弾を吹き飛ばした。

「へーやるねー」

「その笑いを止めなさい！」

ドンと空気を突き抜ける音と共に衝撃波が発生し、ハンナは神の顔面に向けて拳を叩きつけた。

ガンッ。神を守る防御結界が現れ顔面には届かないが、その防御結界に大きなヒビができた。

「残念でした～。くくく」

「これで終わりだなんて、思わないでくださいい！」

ハンナは左右の連打を繰り出し、ヒビの入った防御結界を殴る。

ヒビが大きくなっていき、防御結界がパリンッと音を立てて壊れた！

「ご主人様を舐めないでくださいい！」

ハンナの拳が神の顔面にクリーンヒットし、神が吹き飛んでいった。

見事に吹き飛んでいく神の顔がにやけているのが見えた。とことん舐めた野郎だ。

「あー、うん、がんばったね。くくく。でも、僕はぴんぴんしているよ。あはははは」

たしかにぴんぴんしているが、奴に拳が届いた。

「それがどうした」

奴の後ろに回り込んだ俺は、奴へ【着火】を放った。

射程の短い【着火】だが、奴の体は火に包まれた。

「あははは。こんなもので僕を殺せるとでも思っているの？」

「殺せるとは思わないぜ」

「無駄なことだと分かっているのに、無駄なことをするのが好きなんだね。くくく」

無駄かどうかはやってみなければ分からない。

これまでに何度もダメだと思ったことがあるが、俺はそれでも生き残った。それは、無駄だと思えることを積み上げた結果だ。

「こんな火なんて……」

神が火を消そうとしたが、俺の【着火】は俺の意思で消さない限り消えないんだぜ。

「何、この火？」

神は何度も火を消そうとするが、火は消えない。

「鬱陶しい火だね……ぐっ」

その言葉と同時に神の腹に海竜王牙トマホークがめり込んだ。

「私もいますよ！」

ハンナの回し蹴りがクリーンヒットし、神の顔面が地面にめり込む。

「調子こいてると、そうなるんだぜ」

「別に効いてないから構わないよ。あははは」

神が埃をぱんぱんと払って立ち上がる。

まだ火はついているが、お構いなしか。火だるまで余裕こいている姿がなんとも滑稽だ。

「今度はこっちからいくよ。くくく」

神の白髪が逆立つと、伸びて俺たちに迫ってきた。

黒霧で白髪を払うが、白髪は暖簾に腕押しでまるで斬れない。

それどころか一本一本が意思を持っているかのように、黒霧に絡みつく。

ハンナのほうも同じで、白髪に腕が絡め取られそうになっている。

「気持ち悪い髪の毛ですね！」

ハンナが闘気を纏わせて、一気に懐に入ろうと試みた。

そこにカナンの炎とアンティアの風が白髪を焼き切って、ハンナを支援する。

懐に飛び込んだハンナがボディブローを放つ。

「甘いよ」

「きゃっ」

ハンナが吹き飛んだ。何が起こった？

「お姉ちゃん！」

海竜王牙トマホークが神の額を割る。

「くっ」

神が珍しく苦しそうな声を出した。

アリーの超音波・極で神の体を分解する。

カナンの炎で神を焼く。

アンティアの風で神を切り裂く。

一ノ瀬の聖霊がハンナを回復する。


俺はハンナに駆け寄って、焼き肉を食べさせる。

「ハンナ、大丈夫か!?」

「申しわけありません。ご主人様」

「何があった?」

俺には何も見えなかった。

「分かりません。気づいたら吹き飛んでいました」

ハンナも見えてなかったのか、厄介な攻撃だ。


「ねぇ、本気出してるのかな? こんなんじゃ僕は倒せないよ。くくく」

「舐めるな!」

神に詰め寄り、黒霧を一閃。

「なっ!?」

神が黒霧を受け止めて、にやにやとうざい顔をする。

「言ったよね、こんなんじゃ僕は倒せないって。ぶーー」

神がふくれっ面をした瞬間、俺は無意識に【鉄壁】を発動した。そして、吹き飛んでいた。

「くっ！」

何が起こったのか分からない。

だが、何かが俺を激しく殴りつけてきた、そんな感覚だ。

「よく防御したね。あははは」

「がっ！」

吹き飛んだ俺の前に神の姿が現れ、また衝撃を受けた。

しかも、いつの間にか俺の【着火】の火が消えている。

「ご主人様を虐めるな～っ」

ドカンッ。熱線《レーザー》が神の体を焼く。

「そんなものは効かないよ！　あーっはははははは」

カナンのレーザーを受けても神は止まらず俺を攻撃してくる。

「これならどうですか!?」

神を無数の鋭い風の刃が切り刻……まない。

「弱いねぇ～。ははははは」

「お兄ちゃんに何をするんだーっ！」

海竜王牙トマホークが飛んでくるが、神はそれを避けた。

だが、海竜王牙トマホークは神を追いかけ続ける。

「鬱陶しいねぇ〜。くくく」

海竜王牙トマホークを何かが弾いた。

神は明らかにサーニャの攻撃を嫌っている。なぜだ？

「聖霊さん、ツクル君を癒して！」

一ノ瀬が召喚した聖霊が俺を癒すが、癒したそばからダメージを受ける。

「そんな回復でガベージブレイブを助けられるかな？　あーっはははははは」

「止まりなさい！」

アリーの言葉が神を縛ったが、その拘束は一瞬で解除され俺を攻撃してくる。

「ご主人様をお守りするのが、私の使命です！」

ハンナが俺と神の間に立ちはだかった。

「くっ⁉」

「ハンナ、どくんだ！　それは危険だ」

「どきません！　ご主人様は今のうちに体勢を立て直してください！」

ハンナは身を小さくして神の攻撃に絶えている。

くそっ、俺がだらしないからハンナを……。

「あははは。君は忠実な犬だね」

「私は犬ではなく狼の獣人です！」

ハンナは神の攻撃を受けながらも前進し、その顔面に拳を叩きこんだ。

しかし、その拳は神に届かず、ハンナの右腕が宙を舞った。

「くっ」

「ハンナ!? 貴様！」

ハンナの肩口から鮮血が舞い散り、神を赤く彩る。

俺は神とハンナの間に入り、黒霧を振る。

神は血塗られた顔のしわを深くして笑っていやがる。

「ハンナ、退け」

「も、申しわけありません」

聖霊がハンナの血を止めようと回復したが、ハンナは一気に大量の血を失ってフラフラしている。

「次は後ろでちょこまかしている彼女たちを狙うよ～。くくく」

「何っ!?」

刹那、アリーが地面に倒れ込んだ。

「アリー！」

「うぅぅ……」

「あははは。まだ生きていたんだ。しぶといね～。あーっはははははは」

「てめぇっ！」

黒霧を振るが、神は黒霧を躱す。

まるで軌道が読まれているように、確実に躱される。

「ダークバインド！」

闇が神を拘束しようと伸びるが、神は高速で闇から逃げようとする。

「鬼さんこちら、手の鳴るほうへ～♪　はーっははは」

ダークバインドから逃げようとしているが、その表情には余裕しかない。

俺はこの隙にアリーのところへ向かおうとしたが、カナン、アンティア、一ノ瀬が倒れた。

サーニャだけは辛うじて立っているが、かなり苦しそうな表情だ。

「皆!?」

「よそ見しちゃダメだよ」

「がっ!?」

神がいつの間にか俺の目の前にいて、俺の腹にその腕を突き刺している。

「かはっ」

血がこみ上げてきて吐き出す。

「ねぇねぇ、僕は全然本気を出してないんだよ？　もっと楽しませてよ。くくく」

俺の腹部に刺さっている神の腕を左手で掴んで引き抜き、【素材保管庫】から空中に出した焼き肉を口でキャッチして、ほとんど噛まずに飲み込む。

「それを食べたら回復するのは知っているよ。でも、今のままじゃ、僕には勝てないよ」

「そのようだな……」

強化の焼き肉を口に放り込む。

「その強化だけで大丈夫？　【神々の晩餐】はまだ食べないの？　あははは」

「……………」

俺のことを何から何まで知っているようだな。

だが、ハンナが強化焼き肉を食べた時、お前がわずかに眉を動かしたのを俺は見ていたぜ。

つまり、等由気太神の包丁を使った強化焼き肉の効果までは知らないんだよな。

今、その効果を見せてやるぜ！

「ペッ」

血が混じった唾を吐き、黒霧を構える。

体中に力が漲ってくる。

光速で神の胸を突く。手応えあり！

「くぅ～、やるね。でも、まだまだだよ」

神も光速で動く。お互いに一歩も引かない攻防。

「いいねぇ～。思った以上に強くなったけど、姿が変わらないのはなぜかな？　ねぇ、なんで？」

「誰が教えるかよ！」

「ケチだな～」

俺も傷つくが神も傷つく。

先ほどまでの余裕は、今の神にはない。顔はにやけているが、あの鬱陶しい笑いが出ないからな。

「いいねぇ、僕も本気を出そうかな」

「なら、俺も本気を出すぜ！」

強化の焼き肉をもう一つ食べる。

「それじゃ、二人して本気の戦いだね」

光速を超える超光速。

俺は神のその動きを追うために、さらに強化の焼き肉を食べる。

光を超越する速度で神と打ち合う。

「やっぱりガベージブレイブは凄いや。僕をここまで楽しませてくれたのは、君が初めてだよ」

「お前を楽しませるために俺はここまでやってきたわけじゃないぜ」

「そうだったね。僕をぶっ飛ばすんだったね」

「そうだよ、流星牙斬衝！」

「わーっ、危ないな～」

「これならどうだ、氷龍絶界撃！」

「く、ちょっと効いたかも～」

「その減らず口をきけなくしてやるぜ！【覇動】！」

【覇動】を纏った俺は、神に肩から体当たりする。

「うわっ！」

神がのけ反って体勢を崩したのを見た俺は、黒霧をその胸に突き刺した。

「……痛いんだけど」

「それはよかったぜ」

神の傷口から血と思われる青い液体が流れ出す。

「血が青って、キモッ！」

「もう失礼だな。じゃあ、もっと力を出すからね！」

神の姿がブレる。

気づいたら俺の目の前にいて、胸に手刀が刺さるところだった。


「私もいるのですよ」

ハンナが神の腕を掴んでいる。

強化焼き肉は一つで体全体を強化してくれる。

そして、二つ食べれば効果は倍、三つ食べれば三倍の効果になる。

ハンナは三つ目の強化焼き肉を食べて、神の動きについていく。

俺も三つめの強化焼き肉を食べる。

「うーん、三つ目を食べても効果を発揮できなかったんじゃないの？　やっぱり僕が知らないことが起きているんだね」

ハンナの拳と黒霧の刃を避けながらも、神は喋る余裕がある。こいつ、まだ底を見せていない。だが、俺が横腹を蹴り飛ばし、神は吹き飛んでいく。

「カナンもいるのですよ～」

炎を纏ったカナンが飛び蹴りをしたのだ。これは、カナンが身につけているヘーパイストスの首飾りの効果らしいが、パワーアップしているというよりも火だるまになっているようにしか見えない。


「私たちもいますよ！」

アリー！

「私も見せ場をつくりませんとね」

アンティア！

「いつまでもツクル君に守られる存在じゃないのです！」

一ノ瀬！

「お前なんか、ぶっ飛ばすんだから！」

サーニャ！

全員が強化の焼き肉を三つ食べたようだ。


「全員、予想以上だね。いいよ～。くくく」

「ほざけっ、はっ！」

俺たちは光速を超える速度で神と接近戦を始めた。

七人の攻撃はリンクし、神へ有効打を与えていく。

時々顔を歪める神を見ると、気分がいい。

「カナン！」

「はい！」

カナンの炎のパンチが神の鳩尾にめり込むと神は体をくの字にして吹き飛び、その吹き飛んだ先で風を纏ったアンティアが待ち受けていて神を蹴る。

「ぐわっ！」

地面にめり込んだ神に追い打ちでサーニャの海竜王牙トマホークが突き刺さる。

神も思わず声を出した。

「スズノ！」

「アリーさん！」

アリーと一ノ瀬のダブルキックがさらに神にダメージを与える。

「私も忘れないでください！」

ハンナの連打が神をさらに地面にめり込ませる。

「ぎゃぁぁぁぁぁぁっ!?」

「最後は俺だ。業火剛斬！」

地面を大きく抉った攻撃の余波が晴れると、四股があらぬ方向を向いた神の姿があった。ざまぁ。

「ご主人様、やったのです～♪　あむ」

もぐもぐとハンバーガーを頬張って、減った腹を満たすと満面の笑みを浮かべる。

「さすがはご主人様の強化焼き肉です！」

肩をぐるぐる回して再生した腕の健在をアピールするのはハンナだ。

「焼き肉を食べただけでこんなに強くなるのですね、ツクルさん」

振り返った時のアリーの美しさに見惚れてしまう。アリーは、どんな時でも美しい。

「この焼き肉は素晴らしい効果ですね、ツクル」

時々見えるノーパンのお尻を見ていいものか考えてしまうので、アンティアはパンツを穿いてほしい。

「あの焼き肉は美味しいのに、とても効果が高いね。ツクル君」

一ノ瀬の可愛らしい笑顔を見ると、心が和むよ。

「お兄ちゃんをバカにした報いだよ！」

サーニャが力こぶを見せてふんすと息を荒く吐いた。


ががらと瓦礫が動き、神がゆらゆらとぼろぼろの姿を現す。

「いい様だな」

「あははは。ちょっと痛かったかな」

神は体中から青い血をだらだらと流しながらゆっくりと瓦礫の中から出てくる。

「やっぱり血が青いのはキモイな」

「血が青いのはこの体の仕様だからね。それじゃあ、これはどうかな？」

神の姿が歪みどろどろに溶けていく。

俺たちは神から距離を取って、何が起こるのか注視する。

次第にまた人型になっていくが、今までの子供サイズではなく大人サイズだ。

「……………」

「私の姿はどうですか？」

その姿はまるでエルフのようだ。しかも声まで変わっているし、体中にあった傷もなくなっている。

「変態野郎か」

「野郎は酷いですね。エルフの時は女神なのよ」

たしかに見た目は女だが、こいつ何が目的だ？

「ま、まさか……」

ん、アンティアが肩を小刻みに震わせて様子がおかしいが、どうしたんだ？

「アンティア。久しぶりですね」

「や、やはりエルフの神……」

「ええ、そうですよ。私はエルフを創造した存在です」

どういうことだ？

「なぜ我らエルフの神が……？」

「うふふふ。私は……」

ぐにゃりとまた姿が変わる。今度は……ドワーフか？

「がーっははは！　我は全知全能の神だからな！　この世界に神は我だけなんだぜ！」

「なっ!?」

アンティアが絶句するほどの驚きの表情をした。

「お前……まさか、全部の種族の神なのか？」

ぐにゃりと姿を変えて、今度は蝙蝠のような羽を生やして角があるから魔族っぽい。

「その通り。種族によって姿は変えるが、全部俺だ」

「なんでそんな面倒なことを？　それに、お前が創った種族をなぜ争わせるんだ？」

ぐにゃりと姿を変えて、最初の子供老人になった。

「僕はね、最初はエルフを創ったんだ。そこにいるアンティアだね。だけど、一つの種族、しかもアンティアが統治するエルフはとてもつまらない存在だった」

こいつ何を言っているんだ？

「次にドワーフ、獣人族と色々な種族を創ったよ。でも、彼らは平和を好んだ。僕も最初は納得していたんだけど、そのうち面白みがないことに不満を持つようになったんだ」

「……」

「だから巨人族や死霊族など多くの好戦的な種族を創ったんだ。そして最後に人族を創って混沌とした世界を作り出したんだ」

こいつ、面白くないという理由だけで種族を増やして争いを生んだのか？

「でも、それでも面白くなかったから、異世界から魔王を召喚させたけど、その魔王が争いを好まないなんて思ってもみなかったよ。あははは」

こ、この野郎……歩を……。

「魔王を殺すために勇者を召喚したけど、その時は召喚魔法陣に細工してちゃんと好戦的になるようにしたよ。僕って頭いいよねぇー。あははは」

「ふざけやがって……」

「僕はふざけてなんかいないよ。僕は長い時間を一人で過ごしてきたんだ。その孤独がどれほどのものかガベージブレイブに分かるかな？」

「孤独だと？　そんなもの、お前が創った種族と共にいれば感じることはなかっただろうが」

「だって、神が下々の者といるなんて、神格を疑われちゃうじゃん」

「意味分かんねぇこと言ってんじゃねぇよ！」

「あははは。怒った？　もう、ガベージブレイブはすぐ怒るんだから～♪　はははははは」

こいつ、狂ってやがる。

こんな奴が神なんてやっているから、歩が殺され俺や一ノ瀬も拉致される羽目になったんだ。こいつだけは絶対に倒す！

「あ、あんな奴のために私の前世は……」

「サーニャ……」

歩の魂を持つサーニャの怒りは俺などよりも大きいはずだ。

二度とサーニャのような人を作ってはいけない。だから神《あいつ》を倒さなければいけない。

「あんたなんか……。あんたなんか……許さない。絶対に許さないんだから！」

サーニャの髪の毛が逆立つ。怒りのためなのか？

「あああっ！　私は……お兄ちゃん……」

手で顔を押さえて苦しがっている？

「サーニャ。どうしたんだ!?」

「あ……。きゃーーーっ!?」

「サーニャ!?」

サーニャの体が宙に浮き、激しく痙攣する。

皆でサーニャに手を伸ばすが、何かに弾かれて触ることができない。

「サーニャ、どうしたんだ!?　おい、聞こえるか!?」

「サーニャ、お姉ちゃんよ！　分かる!?」

ハンナが必死にサーニャに近寄ろうとして弾かれる。何度弾かれても、サーニャに手を伸ばす。俺も同じだ。

「私……。私は歩……」

「歩!?」

その時、あれだけ弾かれていた俺の手が、サーニャの手を掴んだ。

「ツクル……お、おにい……ちゃん……」

歩の記憶が戻ったのか？

「そうだ、お兄ちゃんだぞ！」

ぐっと歩の手を握る。

「きゃーーー……」

「ぐっ!?」

繋いだ手を通じて何かが、俺の何かが歩へ移っていく……。

なんだ？　何が……起きている？

俺の力が……俺の命が……歩に吸われている？

「何が起きてるのかな？　僕も仲間に入れてよ」

神の言葉に反応する気力さえ湧いてこないほどの倦怠感が俺を襲ってくる。

俺の中から何が吸われていく倦怠感や脱力感に耐えるだけで今は精いっぱいだ。

徐々にサーニャの髪の色が藍色から黒に変わっていく。何が起きているんだ？

「……」

歩の体が次第に地面に降りてくる。

「お兄ちゃん……」

「歩……」

「私、思い出したよ。お兄ちゃんのこと、お母さんとお父さんのことも思い出したよ……」

「そうか……。歩、よかった……」

脱力した俺は膝をつき、歩は地面に仰向けで横たわったまま目を閉じる。

生きている……だが、先ほどまでのサーニャではない。

今は歩の記憶が戻ったからなのか、髪の色が変わったからなのか、何かが違う。

「ねぇ、もう終わった？　僕もあまり待てないよ」

「……わざわざ待ってくれていたのか」

「だって、こういうイベントを途中で攻撃したら、外道だよね」

「お前はすでに外道だろ？」

「あははは、確かにそうだね！　じゃあ、再開するけど、回復しなくていいの？　かなり疲弊しているよね？」

「そうだな。それじゃあ……」

回復の焼き肉で体力を回復する。

だが、なんだろう？　俺の体の中にぽっかりと穴が開いたような喪失感がある。

氏名：ツクル・スメラギ
ジョブ：調理師・レベル八百

スキル一：【究極調理】【着火】【解体】【詳細鑑定】【素材保管庫】【湧き水】【道具整備】【食材探知】
スキル二：【暗視】【俊足V】【気配感知VI】【臭覚強化II】【野生の勘VI】【連携II】【集団行動II】【怪力VI】【屈強VI】【剛腕VI】【頑丈VI】【鉄壁VI】【気配遮断VI】【偽装VI】【逃げ足】【絶対防御VI】【闘神VII】【覇動VII】【超再生VI】【物理攻撃耐性VI】【魔法攻撃耐性VI】【念話】【スキル付与】【クリーン】【イメージシェア】【結界透過術】【ジョブ剥奪・付与】【完全結界術】【封印】【記録転送】【記録受信】
スキル三：【影縫いII】【死霊召喚術III】【土魔法II】
ユニークスキル：【等価交換】【神々の晩餐】【死神】【黄昏の迷宮の管理者】
能力：体力EX、魔力EX、腕力EX、知力EX、俊敏EX、器用EX、幸運EX
称号：変出者、魔境の覇者、剣聖、強者喰い、混沌者、魔王、迷宮主
加護：天照大御神の加護、豊受大御神の加護、ゼウスの加護、ブラフマーの加護

【封印】：ある存在を永遠に閉じ込める牢獄。
【記録転送】：スキル所持者の記憶を記録し、死亡時にスキル【記録受信】を持った人物へ記憶を転送する。
【記録受信】：スキル【記録転送】所持者が死ぬ時に記憶を受信する。

所持スキルが多すぎてすぐに分からなかったが、あるスキルがなくなっていることに気がついた。

「俺の【闇魔法】がなくなっている……？」

どういうことだ？　はっ!?　まさか!?

氏名：サーニャ（アユム）
ジョブ：断ち切る者　レベル七百八十
スキル：【気配遮断Ⅷ】【暗視Ⅷ】【気配感知Ⅷ】【偽装Ⅷ】【手加減Ⅵ】【直感Ⅷ】【影縫いⅧ】【集団連携行動Ⅴ】
種族スキル：【回避Ⅹ】
ユニークスキル：【断ち切る者Ⅴ】【闇魔法】
能力：体力EX、魔力S、腕力EX、知力EX、俊敏EX、器用EX、幸運S
称号：断ち切る者
加護：ツクルの庇護、シヴァの加護

やっぱりだ。歩に【闇魔法】がある！　しかもユニークスキルの欄にあるのはどういうことだ？

眠ったように目を閉じている歩の顔を見つめる。

日本で歩が交通事故で死んでしまったのは、中学生の頃だ。その頃に比べたら大人びたが、歩はとうとう記憶を取り戻した。

歩と再び生きていくためにも、ここでクソな神をぶちのめす！


「ご主人様。サーニャは……？」

「大丈夫だ、歩の記憶が戻った時のショックで今は眠っているようだ」

「おめでとうございます。ご主人様」

「歩の記憶が戻ってもサーニャはハンナの妹だ。いや、ハンナと俺の妹だ」

「はい！」

ハンナが目元に浮かんだ涙をそっと拭った。


神を見ると、好奇心の込められた視線をこちらに向けている。

「待たせたな」

「うん、待ったよ。それで、あの魔王の魂を持った子はどうなったの？」

「記憶が戻っただけだ」

「記憶？　……ふーん、そうなんだ」

神の表情から笑みが消えた。こいつ、何を考えているんだ？

これまでの戦いでもサーニャの攻撃を嫌っていたふしがある。こいつは何を隠しているんだ？

俺が黒霧を構えると、皆も構えた。

「それじゃあ、再開といこうか」

「うん。いつでもおいで。くくく」

俺たちは神に躍りかかる。次で決める！

「あーっはははは！」

神の髪が伸び、俺たちの攻撃を受ける。

黒霧でさえも斬れないのだから、この髪はやっかいだ。

「ツクル、私を舐めてもらっては困るな！」

「なんだ、この髪を斬れるのかよ？」

「当然だ！」

黒霧が光り出した。

「私は神を斬るための剣。闘神剣だ！」

漆黒の刀身の黒霧が、まるで聖剣のような神々しい光を放つなんて……俺のイメージに合わないだろ！

心の中で舌打ちして、聖剣のような黒霧を構える。

「へー、その剣モドキはそんなこともできるんだね。面白いねぇ～。ははは」

皆の攻撃を受け流しながら、黒霧の変化をじっくりと見るその余裕が気に入らない。

「いくぜ、相棒！」

「おう！」

黒霧を振りきると、神の髪がパラパラと地面に落ちる。

「斬れるじゃないか」

「当然！」

髪を斬りながら神へ詰め寄る。

「覚悟しろ！」

「あーっはははは！」

神は笑いながら腕を出して防御してきた。

そのムカつく笑い顔を泣き顔に変えてやるぜ！

「斬り裂け、黒霧！」

「任せろ！」

シュパッ！　ガンッ！

神の腕を斬り裂いた瞬間、黒霧は別の腕に止められた。

「お前、なんで腕が六本になっているんだよ!?」

俺が黒霧を振った刹那に、四本の腕を生やして六本にしやがった。

「あははは。腕が二本だなんて誰が言ったのかな？」

黒霧を掴んでいるのは、細くしなやかな女性のような腕だ。それに増えた他の腕も紫色や毛で覆われていたり太かったりする。エルフ、魔族、獣人、ドワーフ……各種族の腕か？


「ご主人様！」

「ご主人様～」

「ツクル！」

「ツクルさん！」

「ツクル君！」

皆が俺を心配して神へ攻撃するが、その全てが腕に阻まれ弾き飛ばされる。

「「「「「きゃっ⁉」」」」」

皆が神によって地上へ叩きつけられ大きなクレーターができる。

地面に叩きつけられた五人は気絶してしまったようで、立ち上がってこない。

五人が生きているのは、気配で分かる。今すぐ駆けつけて介抱したいが、今は目の前の神《こいつ》を止めるのが先だ。三枚おろし！

「あははは。効かないよ！」

「舐めるな！　流星牙斬衝！」

「僕のほうこそ舐めてもらっては困るよ～」

流星牙斬衝の刺突を腕をフル回転させて相殺しやがった……。

「次は僕の番だからね。くくく」

神の姿がブレた。俺もそれに対応するために超光速で動く。

神と俺は超光速の速さで交差し、攻防が繰り広げられる。

地面を割り、大気を裂き、空間を歪めるほどのパワーが放出され、廃墟が灰燼と化す。

だが、その攻防も長くは続かなかった。神がさらに速度を上げたのだ。

「がっ⁉」

「もう終わり？　これじゃあ、僕は倒せないよ？」

右足を斬り飛ばされた俺は地上に衝突して血反吐をまき散らす。

「まだまだいくよ！」

神が迫る。く、焼き肉……。

「ぐっ⁉」

「焼き肉を食べて回復する前に殺しちゃうからねぇ～」

左腕が折られ、右腕は引きちぎられる。くそ、このまま神に殺されるのを待つだけなのか……。

「あははは、諦めたのかい？　ダメだよ、簡単に諦めちゃ」

「ほ……ざ……け……」

「あっは、元気ないよ？」

両手がないから焼き肉を食えないとでも思っているのか？

余裕こいてゆっくり近づいてきて、俺の前で立ち止まる。

「ねえ、僕に負けるのってどんな気持ち？」

「……………」

「ねえ、答えてよ」

神が腕を伸ばして俺の顔を鷲掴みにしてきた。

ミシミシと頭骸骨がきしむ。


【解体】

ぼとぼと……。


「ざまあねえな」

横たわったまま解体された神の残骸を見つめ、吐き捨てた。

焼き肉を空中に出して口の中に落下させる。両腕と片足を再生させるために二つ食う。

視界がレベルアップという言葉で埋め尽くされる。


「ベーゼ」

「ここに」

神の世界でもベーゼは召喚できるようだ。

「神の魂はあるか？」

「……いいえ」

「そうか……」

魂がない。神だからか、それとも……。


「あーあ、こんなになっちゃって」

「だよな」

神も復活できるってことだ。

「その体、けっこう気に入ってたんだよ」

振り向くと、影のようなものがいた。

「それがお前の本体か？」

「うーん、ちょっと違うかな」

「他にも体があるのか？」

「それも違うかな」

「神は不滅とでもいうのか？」

「あー……うん、ちょっと正しくて、ちょっと不正解。僕だって死ぬんだよ。でも、僕は……あとは内緒さ。あははは」

まったくこいつは……。掴みどころのない奴だ。

「さあ、仕切り直しだね。でも、今までよりも強くならないとダメだよ。くくく」

「お前が望む強さまで上っていってやるぜ」

「そうこなくては面白くないよ」

強化の焼き肉を頬張り、しっかり咀嚼して飲み込む。

「ねえ、その強化は何段階までできるの？」

「さて、俺も試したことはないんだよ」

俺以外の皆は四段階目はなかった。だが、俺だけは四段階目と五段階目の強化ができたのは記憶に新しい。

さすがに六段階までは試していないが、おそらく五段階目くらいが限界だと感じた。

「そっか。じゃあ、そろそろ殺し合いを再開しようか」

影が再び子供老人の姿を形どる。

「ああ、いいぜ」

黒霧の聖剣モードはまだ続いている。

俺の体も完全に回復して、五段階目の強化をした。体調は万全だ。

神がにやりと笑った。戦いを楽しんでいやがる。

お互いに地面を蹴り、黒霧を神の腕が受け止める。

だが、黒霧は腕の半分ほどまで食い込んだ。

「はぁぁぁぁっ！」

俺はそのまま黒霧を押し込み腕を切り落とした。だが、他の腕がすぐに黒霧を受け止める。

「その剣は鋭いね。それにガベージブレイブの力も上がっているね。楽しめそうだよ。くくく」

他の腕に殴られ、それを防御した左腕の骨がきしむ。

お互いに一歩も引かない攻防、筋肉がぶちぶちとちぎれ骨がきしむ限界の動きを続ける。これでは足りないとさらに強化の焼き肉を頬張り六段目の強化をする。

「いいよ！　もっと、もっと僕を楽しませて！」

黒霧に斬られても嬉しそうに笑いやがる。

「気持ち悪いんだよ！」

剣技皮剥ぎで腕の一本の皮を剥いでやっても嬉しそうにしているし、本当に気持ち悪い奴だ。

「もっとーーーっ！」

「この変態野郎がっ！」

力と力のぶつかり合い。お互いにその余波に弾かれる。

俺は足に力を入れて数十メートル地面を抉った。

だが、気づくと神が目の前に立っている。

「これで終わりだよ！」

ヤバい、殺られる！

ズサッ。

「…………」

「…………」

俺の胸の前に奴の腕が……。

「ベーゼ……」

「我は主様の眷属。主様の下僕」

俺を庇ってベーゼが神の手刀を受けた。

ベーゼの体が崩壊していく。俺のためにベーゼが……死んでいく。

「ベーゼ、これを食え！」

「我は人間ではありません……。その焼き肉では回復しないのはご存じかと……。主様のために滅するのであれば、ほん……もう……」

細かく分解され砂のように崩れていくベーゼをただ見送るしかないのか……。俺はなんて無力なんだ……。

「ベーゼ……すまん……」

「いい眷属を持ったね。だけど、次はないよ」

「それは俺のセリフだ」

神は相変わらず「くくく」と笑うが、その顔を泣きっ面にしてやるぜ！

七段階目、八段階目の強化焼き肉を頬張る。体中に力が漲る。

だが、六段階目でかなりの無理をしている俺の体は、限界に近い。

「そんなに食べて大丈夫なの？　あははは」

「お前を倒すためなら、どんなことだってやってみせる！」

「うん、がんばってね。くくく」


ガンッガンッガンッガンッ。光の帯を残してぶつかり合う。

俺の体は強化の無理がたたって毛細血管が切れて血を噴き出す。

だが、神を倒すまでは決して俺は止まらない！

「たった一人でよくがんばるね！」

「一人じゃないよ！　ダークバインド！」

「なっ!?」

超光速で動いていた神の体に闇がまとわりつく。

「お兄ちゃん、お待たせ！」

「サーニャ……いや、歩か。大丈夫なのか？」

「うん。大丈夫！　それに私よりもお兄ちゃんのほうが満身創痍だよね」

体中から血が噴き出している俺は、どう見たって無事じゃないだろう。自分でも分かっているから、
回復の焼き肉を食いながら戦っている。

「ご主人様、カナンもいますよ～」

「カナン!?」

俺を支えるように二人が横に立つ。

「ご主人様をこんなにぼろぼろにして、神様でも許さないんだから～」

「え、それ強化の反動だよね？　僕じゃないよね？」

カナンの怒りを受けて闇に拘束されている神がツッコんできた。

「あんたなんか、こうしちゃうんだから！　闇の監獄《ダークプリズン》！」

歩の【闇魔法】に神が飲み込まれていく。

「く、魔王の力……か？」

神が苦しそうな声をあげる。

魔王としてこの世界に召喚された歩に、俺が持っていた【闇魔法】が移った。

俺の時はただの魔法スキルだったが、歩の【闇魔法】はユニークスキル欄にある。

それだけで俺の時とは【闇魔法】の威力が違うと感じていたが、神を飲み込むほどの力を発揮するのを目の当たりにすると、少し自信をなくす。

「まだだ、まだ僕はやられないから！」

神が闇をかき分けて抜け出そうとする。

「これならどうですか～！　ホ～リ～パ～～～ンチ！」

「グベッ！」

気の抜けた掛け声だが、カナンは腕を光らせて神の顔面を殴りつけた。

ハンナのパンチに比べれば大したパンチではないが、腕が光っているところがミソのようだ。あの光は【光魔法】、つまり勇者の証の光だ。

顔面を殴られた神が怯んだところで、闇がまた神を飲み込んでいった。

「やっちゃえ、幻惑汚染《ファントムポルーション》！」

「ギャーーーッ！」

サーニャの攻撃を嫌がっていたが、魔王の攻撃は神といっても効果絶大のようだな。

それに勇者になったカナンの【光魔法】の攻撃も、神には効くようだ。カナンとしては、得意の火属性ではないのが、微妙みたいだが。

黒霧だって闘神剣だ。神だって殺せる剣のはずだから、俺だって二人に負けていられない。

「俺の攻撃も受けろ！」

神がもがき苦しんでいるところに、黒霧でぐさりと胸を貫く。

「ギャーーーッ！」

「黒霧。悪を滅するんだ！」

「任せろ！　我が権能をよーっく見ろ！」

黒霧から闇が広がっていく。

おいおい、お前、聖剣モードになったんじゃないのかよ？

「ギャーーーッ。痛い痛い痛いよーーーっ」

黒霧が神を喰らっているように見えるのは俺だけか？

「わーーーん、ごめんよーーー。許してよーーー」

「許すなんて思わないでね！」

歩が海竜王牙トマホークを神の顔面にめり込ませた。

「ぎゃぁぁぁぁぁぁぁぁぁぁぁぁぁっ」

「カナンもいるよ～。そ～れ！」

炎と光が渦巻くサッカーボールくらいの大きさの球を神に押しつけると、ジュッという音を立てて神の体が溶解していく。

顔面に海竜王牙トマホークを叩きこまれるのも嫌だが、体が解けていくのも嫌だ。この二人には逆らってはいけないと思う。

「これで……」

俺は黒霧の柄をぎゅっと力を込めて握り、黒霧をぐぐぐと動かしていく。

神の体を絶ちながら、黒霧を胸から喉、喉から顔面、そして頭部へと移動させる。

傷口から青い血が噴き出すが、それはカナンの炎と光の球の影響で一瞬で蒸発する。

「終わりだーーーっ！　必殺技（五）滅！」

神の瞳から力が失われ、神の体が闇に飲み込まれていき……完全に飲み込まれた。

「……終わった」

「うん。終わったね」

「はいなのです～」

そうだ、皆は!?

ハンナ、アンティア、アリー、そして一ノ瀬を抱き起こす。

四人とも無事だ。よかった。

「ご主人様のお役に立てず、このハンナ、一生の不覚です」

「ツクルさんの役に立たなかったのは私も同じですよ。ハンナ」

「アリーさん……」

四人は気を失って最後まで戦えなかったことを悔やんでいるが、そんなことは些細なことだ。

俺にとっては皆が無事でいてくれたことが、何よりも嬉しいんだ。

「っ!?」

俺の【気配感知】が反応し振り向くと、そこには影状の神《奴》がいた。

「てめぇ、まだ生きていたか!?」

「そうムキにならないでよ。もう僕は戦うつもりはないし、戦う力もないから」

「なんだと?」

「今の僕は残渣というか、残留思念のようなものだから、ガベージブレイブが手を出さなくてもすぐに滅びるよ。だから、少しだけ僕の昔話につき合ってくれないかな?」

「…………」

「まずは、ガベージブレイブ、いや、ツクルに感謝の言葉を贈るよ」

「感謝の言葉だと?」

「話したと思うけど、僕はずーっと一人で神をやっていたんだ。だからとても退屈していたんだ。そしてある時、死にたいと思ったのさ」

影はふるふると小刻みに動きながら話を続けた。

「だけど、僕は自分で自分を殺せないし、この世界の人間や魔物も僕を殺せないんだ。だから異世界から僕を殺せる魔王を召喚した。……結果は、魔王が戦いを拒否して失敗に終わったんだけどね」

こいつ何を言ってるんだ?

「魔王が僕を殺しにこないことを嘆いた僕は、勇者を召喚することにしたんだ。今度は魔王の時のように戦いを否定するんじゃなく、戦いに積極的な勇者にしてね」

つまり、勇者は召喚時に戦いを好む性格に変えられたってことか。

「だけど、どれだけ勇者を召喚しても僕を殺しにくるような強い勇者は現れなかった。僕は絶望したよ」

「お前を殺すために勇者は召喚され続けたってことだな?」

「そうだよ。最初の一人で僕を殺してくれればよかったけど、勇者は僕を殺してくれなかった……」

「死にたいんなら勇者召喚なんて面倒なことをせずに、この世界の奴に力を与えればいいじゃないか」

「残念ながらこの世界で生まれた人間や魔物は、僕を殺せないんだ。それが世界の理《ことわり》だから、僕でもどうすることもできなかったんだ」

そこで影はぷるるんと大きく揺れた。

「でも、君は違った。元の世界の神の加護を受け、僕の術式に干渉されることなく、ツクルは僕のところまでやってきてくれた。しかも、この世界で初めて生まれた現地の勇者と魔王の魂を持った二人を引き連れて！」

言葉に熱がこもる。

「嬉しかったなー。だからいつしか僕は、僕を殺せるかもしれないツクルの快進撃を見るのが楽しみで仕方がなかったよ」

「ちょっと待て。お前、俺を見ていたのか？」

「うん。ツクルが『変出者』の称号を得た辺りからだけど、ずーっと見ていたよ！」

「な!?」

あの頃からずーっと……だと？

「このストーカー野郎！」

「あははは。ツクルはやっぱり怒っている顔がいいね」

「ふざけるな！　今すぐ俺の手で成仏させてやる！」

「待ってよ、僕はもう消滅するんだから、最後のお願いだよー」

影が土下座のような恰好をした。

「く、この野郎……話があるんなら、さっさと話せ！　てか、殺してほしいのに、めちゃくちゃ足掻きやがって!?」

「そう、それなんだ！　僕だってこの世界を創った神だからね。ただ殺されるわけにはいかないんだよ。だから、新しい神になるツクルのために、一生懸命強くなったわけなんだ！」

「はぁ？　今、何って言った？」

「一生懸命強くなった」

「その前だよ！」

「新しい神になるツクルのため？」

「そう、それだ！　なんで俺が神になるんだよ？　お前、頭おかしいだろ？」

「そうかなぁ？　僕を倒すってことは、僕の代わりに神になるってことだよ？　当たり前のことなんだけど？」

「……マジか？」

「マジ、マジ。新しい神様のツクルにこの世界を頼むのが、僕の最後の言葉さ。それじゃあ、僕はもう逝くね。ツクル、ありがとう」

影が小さくなっていく。

「おい、待てよ！　俺は神になんかならねぇぞ！」

「大丈夫、ツクルならいい神様になるよ」

捨て台詞を残して影が完全に消えた。

後に残された俺は、しばらく放心状態のまま立ち尽くした。

終章　エピローグ

長閑な風景を見つめながら、至極のお茶を飲む。

久しぶりにゆったりした気持ちでお茶が飲める。

「あの、何か怒っていますか？」

恐る恐るといった感じで、ヒルメさんが話しかけてくる。

「怒る？　俺が？　なんでそう思う？」

「えーっと、なぜでしょう？」

不本意ながら俺はあの世界の神という存在になってしまった。不本意ながら。

「知っていたろ？」

「な、何がでしょうか？」

「あいつを倒した後のことだよ」

ヒルメさんは目を彷徨わせた。それだけで十分だ。

「歩のことがあるから、今度ばかりは何も言わない。だが、次はないぞ」

「うふふ。なんのことか分かりませんが、心しておきます」

「それでいい」

立ち上がって四阿を後にする。


一瞬でアルグリアの自分の家の庭に移動した。

今の俺は神などという存在になってしまったことで、ヒルメさんが住む高天原とこのアルグリアをカナンに頼まなくても一瞬で往来できるようになったのだ。

「ツクルさん、お帰りなさいませ」

耳ざといアリーが外に出てきてくれた。

「アリー、ただいま。俺がいない間に変わったことはなかったか？」

「問題ありません。皆さんの体調にも変化はありませんわ」

「それはよかった。彼女たちは大事な時期だからな」

アリーと二人で家のリビングに入っていく。

カナン、ハンナ、アンティア、一ノ瀬がソファーに座っていて、俺を見て笑顔を向けてくれた。

四人ともお腹が大きくなってきている。俺の子供が彼女たちのお腹の中にいるのだ。

四人だけではない。アリーのお腹にも俺の子供がいる。四人より少しだけ遅い妊娠だった。

「あ、お兄ちゃん。お帰りー」

「おう、ただいま。サーニャ」

歩の記憶を取り戻しても、サーニャはサーニャだということに気がついた。

だから歩ではなくサーニャとして扱っている。といっても、俺の妹には変わりはない。

「ねえ、お兄ちゃん」

「なんだ？」

「今日は皆でバーベキューしようか」

「お、いいな。皆を呼んでぱーっとやるか！」

「うん！」

「ご主人様、バーベキューですか⁉　じゅるり」

「そうだぞ、カナン。たくさん食べていいが、お腹に障るような食べ方はするなよ」

「はーい♪」

カナンは子供ができても、相変わらずだな。それがカナンらしくて可愛らしい。

「ご主人様、バーベキューでしたら私もお手伝いをします」

「何を言っているんだ。ハンナは一番お腹が大きいんだから、座っているんだ」

「ご主人様。妊娠は病気じゃないのですから、適度な運動が必要なんですよ」

「そ、そうなのか？」

「はい。安定期に入ってからは動いてもいいのです」

そんなものかと、ハンナの言葉に従うことにする。

「ツクル。森から長老を呼んでもいいですか？」

「長老か。構わないぞ」

長老だが、容姿は二十代の美形エルフの顔が思い浮かぶ。

「ツクル君。美紀《みき》と藤崎君も呼んでいいかな？」

「おう、皆呼んでやれ」

「ありがとう。ツクル君」

一ノ瀬の親友の葉山美紀と、今では葉山の旦那になっている藤崎はサイドルのところで働いている。

「カナン。サイドルも呼んでやれ」

「いいのですか？」

「ああ、いいとも。それと伯爵にも声をかけてやれ。アリー」

「ありがとうございます」

その夕方近く、俺の家の庭で盛大にバーベキューを行った。

肉はレベル四百五十のシーサーペントとレベル三百八十のファイアーバードを用意した。

シーサーペントは牛タンのような歯ごたえのある肉なので、やや厚く切って歯ごたえを楽しむ。

ファイアーバードは胸肉とモモ肉で食感が違うし、胸肉のほうがヘルシーだ。

後は日本から持ち込んだ最高級のモツを丁寧に処理して臭みを消して焼く。野菜は地産地消を心がけてサイドルのところで購入した。

「いやー、婿殿の料理の腕前は相変わらずだ。とても楽しませてもらっているよ」

シーサーペントの肉に合うと思って用意したワインを飲み干したエイバス伯爵が、俺の肩をぽんぽんと叩いてきた。

「ご機嫌だな、伯爵」

「こんな美味い料理と酒を飲めるのだから、機嫌が悪くても笑顔になるぞ」

「それはよかった。楽しんでいってくれよ」

「ツクル様。今日はお呼びいただき、ありがとうございます」

「おう、サイドルか。カナンの親代わりのサイドルは俺にとっても親だ。楽しんでいってくれよ」

「はい。ところで……このワインはどこで手に入れられましたかな?」

「こんなところでも商売の話か」

商魂たくましい奴だ。

「あははは。根っからの商売人ですから」

「商売人はかくあるべきか。ははは。それは俺でも滅多に手に入らないから諦めろ。その代わり、あの透明の酒ならそれなりの数を手に入れられると思うぜ」

「あの清酒とかいう酒ですね。あれも美味しい酒です。後日、改めて商談にお伺いいたします」

「おう、了解だ」

サイドルはいい商売のネタを手に入れられて嬉しそうだな。


「教官殿！」

暑苦しい奴がやってきたな。まあ、呼んだのは俺だから文句は言えないが。

「おう、ゴリアテにロッテンか」

「教官殿の料理は相も変わらず極上の味ですね」

「ほう、真面目ロッテンがお世辞を言うか」

「真面目は否定しませんが、お世辞ではありませんよ」

「ロッテンも言うようになったな。なあ、ゴリアテ」

「はい。最近は少しずつ包容力が出てきました」

「ゴリアテ殿まで……」

「「ははは」」

「皇君。今日はありがとう」

「おう、藤崎か。葉山とは上手くやってるか？　どうせ、お前のことだから、葉山の尻にしかれているると思うが」

「そ、そんなことはないよ。美紀ちゃんはとても優しいんだ」

「なんだ、お惚気《のろけ》か？　お惚気なら間に合っているぞ」

「ツクル。このモツは美味いな。噛めば噛むほど旨味がでてくるぞ。がははっ」

藤崎と話していたら、真っ赤な顔をした黒霧が首に腕を回してきた。完全に酔ってやがる。

「お前、酒癖悪いからほどほどにしろよ」

「ふん。この黒霧様が酒程度に飲まれてたまるかってんだ」

いや、完全に飲まれているじゃねぇか！


こうして皆と楽しくバーベキューを味わった。俺の物語の最後としては、いい幕切れだろ？

そんなわけで、これでガベージブレイブの物語は完結だぜ。

ここまで読んでくれてサンキューだ。アバヨ。

《終》

あとがき

皆さん、お買い上げありがとうございました。今回発売された四巻はガベージブレイブの完結版になっています。Web版は三巻部分で完結していますので、ほぼオリジナルの内容ばかりになります。

以前、三巻のあとがきで四巻もあれば嬉しいと書きましたが、こうやって実際に四巻を書き終えると、寂しいものですね。

終盤のツクルたちとラスボスとの戦いは手に汗握る（？）ものになっています。きっと皆さんに楽しんでいただけると思っています。

最後に、これが本当に最後になりますが、イラストを描いてくださった大熊まいさん、編集さん、関係者の皆さん、そして今まで応援くださった読者の皆様に感謝しまして、ペンを置きたいと思います。ありがとうございました。

なんじゃもんじゃ

ガベージブレイブ 4
【異世界に召喚され捨てられた勇者の復讐物語】

発　行
2020年9月15日　初版第一刷発行

著　者
なんじゃもんじゃ

発行人
長谷川　洋

発行・発売
株式会社一二三書房
〒101-0003　東京都千代田区一ツ橋 2-4-3 光文恒産ビル
03-3265-1881

デザイン
erika

印　刷
中央精版印刷株式会社

作品の感想、ファンレターをお待ちしております。
〒101-0003　東京都千代田区一ツ橋 2-4-3 光文恒産ビル
株式会社一二三書房
なんじゃもんじゃ 先生／大熊まい 先生

Printed in japan, ISBN 978-4-89199-660-4

※本書は小説投稿サイト「小説家になろう」（http://syosetu.com/）に
掲載された作品を加筆修正し書籍化したものです。